ACCIDENTS
DE PARCOURS

HISTOIRES
DE VOYAGES
D'ALLERS
ET DE RETOURS

AF092647

Dédié à Dominique

ISBN 9782322037940

HENRY SPIETWEH

www.spietweh.be
facebook.com/HenrySpietweh

AVEC LA CONTRIBUTION DE

JOCHEN BITTNER JOURNALISTE À L'HEBDOMADAIRE DIE ZEIT

ET **JP BOUZAC**

TRADUIT DE L'ALLEMAND PAR **Justine Roussie**

ILLUSTRATION PAR **ANNA ROTHER**
annarother.de

A propos du livre

Saviez-vous qu'on peut voyager dans le temps en allant à la piscine municipale de Schaerbeek, que la bureaucratie à rallonge n'est pas une invention allemande mais belge, que la meilleure manière d'occuper ses amis est de les faire attendre un technicien internet qui ne pointera jamais le bout de son nez et qu'à Bruxelles certaines personnes souffrent d'une maladie très rare nommée « champanius abundantia » ? Henry Spietweh, JP Bouzac et Jochen Bittner vous racontent comment ils ont fait ces étonnantes découvertes en vous livrant des histoires courtes et amusantes que vous lirez d'une traite sans jamais, au grand jamais, avoir envie de vous arrêter.

A propos de l'auteur

Henry Spietweh est né dans la région berlinoise à l'ère de la RDA et de Solidarność. Ses parents, farouches opposants au régime socialiste, s'employèrent à l'éloigner de l'influence des Jeunesses communistes en faisant, par exemple, constamment disparaître son foulard de pionnier. Enfant, Henry passa son temps libre au club de pêche ou avec ses grands-parents au camping de l'usine de plastiques de Köpenick, non loin de la ville de Kratzeburg nichée tout au nord de l'Allemagne, dans la région du Mecklembourg. Sa jeunesse dans la grande banlieue berlinoise se déroula sans grand incident.

Après une première tentative infructueuse où il dépassa de plus de 20 km/h la vitesse autorisée dans une zone 30, Henry Spietweh obtint finalement son permis de conduire en 1999 et se mit au volant d'une Honda couleur mûre.

Il étudia la gestion à Berlin et Bruxelles puis travailla dans la capitale allemande, à Cologne et Aix la Chapelle. Au service de grandes et petites entreprises allemandes, françaises ou américaines, il voyagea à travers le monde de Helmstedt à Hennepin Country en passant par Honolulu.

Basé à Berlin, Henry Spietweh s'adonne aujourd'hui à sa passion pour la photographie et l'écriture.

Table des matières

Les Souffrances du jeune Henri **10**

Trou de ver à la piscine municipale **13**

Comment devenir un parfait ~~touriste~~ terroriste : leçon n°1 ...... **22**

Devenez Bruxellois ! Mais pas aujourd'hui. **28**

L'Europe fait des économies **49**

Accident de parcours et confusion polyglotte sur un quai de gare **56**

Pas de banque pour les étrangers **67**

Sur la plage divisée, coquillages et crustacés… **80**

No luggage today **84**

Pruneaux de Paris **89**

Mon A.mie **95**

Une carte... mensuelle, s'il vous plaît. **103**

La bête et la blette..116

Petit déjeuner chez Monsieur le Maire 124

Vérités allemandes..129

Repris ou échangé*...134

Blague de coursier 140

« Vous avez été lobbyisé »..141

Voitures allemandes du Limousin. Ah la vache !.................153

Mon Maison...156

No man's land 163

Le surligneur gris...175

I have sizes 181

Glissière de sécurité en béton 184

Le code belge..186

Colis et compagnie 194

Twin Beds 198

La Belgique existe-t-elle ?...202

No Drink. No Friend. **217**

L'élite d'aujourd'hui **224**

L'accident **229**

Un inapte à l'armée **245**

Archéologie : mise à jour d'un site religieux hors du commun ?

.... **256**

La pièce la plus chère **259**

Vous déménagez quand ? **267**

Qui mieux que Rutkoschinski peut immatriculer votre

Chevrolet ? **284**

Quand on se réveille un matin, âgé de plus de trente ans, et que

rien ne nous fait mal... .... **309**

Merci beaucoup **320**

Une sorte de postface **322**

Les Souffrances du jeune Henri

« Dès mon arrivée à Paris, les Français ont traduit mon prénom allemand *Heinrich* en *Henri*. J'ai dû m'y résigner et j'ai moi aussi fini par me présenter ici comme m'appelant *Henri* étant donné qu'*Heinrich* ne plaît pas aux oreilles des Français et que ces derniers s'emploient à rendre toutes les choses du monde aussi pratiques que possible pour l'usage qu'ils en font. Mais jamais non plus, ils n'ont su prononcer correctement mon nom de famille, *Heine*. La plupart d'entre eux m'appellent *Monsieur Enri Enn* et beaucoup pensent que mon prénom et mon nom ne font qu'un et disent *Enrienne* tandis que quelques-uns me nomment *Monsieur Un Rien*. »

Ces quelques lignes, datant d'il y a presque 200 ans, proviennent de la plume de l'écrivain allemand Heinrich Heine qui se pencha dans cet extrait issus de ses mémoires sur son arrivée en France. Même si les Français ne surent qu'écorcher son prénom, Heine ne perdit jamais son affection pour la France qu'il observa avec une attention toute particulière. Né à Düsseldorf dans une famille de commerçants juifs en 1797, il dû quitter Berlin et s'installa à Paris en 1831 où il mourut vingt-cinq ans plus tard sous le nom d'Henri Heine. Marié à une Française et nostalgique de l'Allemagne où ses œuvres n'étaient pas les bienvenues, Heine s'efforça de toujours mieux comprendre les Français et travailla à rendre la France et l'Allemagne un peu plus proche l'une de l'autre.

Bien que le rapprochement européen ait fait des progrès considérables depuis la mort d'Heinrich Heine, l'aversion des Français pour les noms étrangers est restée, jusqu'à aujourd'hui, légendaire.

Mes parents m'ont donné un nom qui, suivant la mode en Allemagne de l'Est dans les années 1980, sonnait comme venant d'un pays dans lequel nous n'étions pas autorisés à aller. Mon prénom Henry est certes déjà un peu plus près de la prononciation française que ne l'était celui d'Heine, mais ça... Ah non, je ne vous en dirai pas plus pour le moment, lisez simplement la suite !

Trou de ver à la piscine municipale

Einstein n'a jamais été en Belgique, j'en suis sûr. Prenez, par exemple, la formule E=mc² : quelque part là-dedans est écrit le fait que les voyages dans le temps sont possibles lorsque deux points différents de l'espace temps sont connectés par des trous de ver. Je ne pourrais pas vous dire si c'est écrit entre le « E » et le « = » ou entre le « c » et le « ² », puisque, malheureusement, je ne suis que diplômé de gestion et non pas astrophysicien. Mais Einstein, lui en était un ! Et il a démontré que ces trous de ver ne peuvent être maintenus à un état stable qu'à travers une concentration extrêmement forte de matière hypothétique à densité énergétique négative. Cependant, personne n'a encore jamais observé un seul trou de ver. Personne, jusqu'à ce jour.

La commune autonome de Schaerbeek, qui fait partie intégrante de Bruxelles, entretient comme chaque quartier, *pardon*, comme chaque commune, son propre stade de football (celui de Schaerbeek a connu des jours meilleurs, mais tout de même) et une piscine fortement subventionnée par l'argent public. Evidemment. Cette dernière s'appelle Neptunium. Après tout, pourquoi pas ? Et partout dans la ville, des panneaux en indiquent la direction. Comme nous n'avons pas cours aujourd'hui, nous décidons d'aller y faire un tour.

A l'entrée de la piscine, nous sommes accueillis, comme partout ici, par le buste du constructeur du bâtiment. En dessous de l'hommage d'usage au grand conseiller municipal responsable de la construction, on peut lire l'année d'ouverture de l'édifice : « 1953 ». Et en dessous encore : « agrandie et rénovée en 1957 ». Après ça, plus rien. Cela aurait dû nous suffire comme avertissement. Car cette entrée, très cher lecteur, est un trou de ver et je suis quasiment sûr et certain que ce buste renferme la matière avec une densité d'énergie négative qui fait tenir l'univers debout et qui n'avait, jusqu'à ce jour, encore jamais été observée.

Les habitants de Schaerbeek payent 2.25 euros l'entrée. Les autres Belges et les étrangers doivent débourser 2.50 euros. Et même si j'ai mon certificat de résidence dans la poche, nous payons 5 euros à deux car je n'ai vraiment pas envie de remplir des centaines de formulaires ou de montrer ma pièce d'identité pour aller me baigner. De toute façon, ça ne fera pas de mal aux finances municipales !

En entrant dans les vestiaires, nous remarquons tout de suite que tout a l'air quelque peu antique, mais pour le prix qu'on a payé on ne peut rien dire. Un employé nous indique une cabine. Il n'y a pas de clés mais des numéros sur chaque cabine que l'employé mémorise, ouvre ou ferme pour chaque visiteur.

Sortant de ma cabine, je me fais brusquement arrêter :

« Pas de short, pas de short ici, Monsieur ! »

« Comment ça ? »

Il me montre mon short de bain.

« Pas de short ici, s'il vous plaît ! »

Mon maillot de bain d'un noir délicat enfreint avec ses petites longueurs le règlement de 1957. C'est pourtant écrit à l'entrée ! Nous hochons la tête en signe de compréhension et sommes priés d'emprunter le matériel nécessaire à l'accueil. Retour à la case départ !

L'hôtesse à la caisse est en train de passer un coup de téléphone, long et privé. J'ai le temps de contempler encore un peu le passé. Je me dis qu'ici tout est d'époque. Téléphone à cadran, gros combiné, câble emmêlé. Papier peint gris-jaune bien fleuri, carrelage marron, et écriteaux des années 1950.

« *Au revoir* », dit enfin son interlocuteur au téléphone.

« J'aimerais emprunter un maillot de bain, s'il vous plaît, Madame. »

« Un euro, s'il vous plaît. »

Je paye. Elle me regarde.

Je la regarde et lui dis : « Il vous faut autre chose ? »

« *Oui, bien sûr*, j'ai aussi besoin de votre carte d'identité. »

Mais pour quoi faire ?

Elle me donne un maillot et me presse de déplier ce noble tissu de 1957.

« C'est quelle taille ? »

« Nous n'avons pas de taille ici, Monsieur ! »

Que ce noble bout de tissu ait été porté il y a une heure à peine par un enfant de six ans, ça ne me dérange pas, mais j'ai peur. Peur de déchirer le maillot de bain. Je me regarde puis regarde la dame. Jusqu'à ce qu'elle daigne se lever de sa chaise de 1957 et jeter un coup d'œil. Elle a compris mon problème et m'échange le maillot de bain taille 6 ans pour un autre de taille 9 ans.

Elle a certainement eu peur pour sa survie. Les maillots de bain de 1957 sont plutôt rares en dehors de ces vieux murs.

Mes chances de rentrer dans ce maillot sont maintenant plus réalistes.

« Est-ce que vous avez des bonnets de bain ? », me demande-t-elle ensuite.

« Des bonnets ? »

« Oui, des bonnets. C'est aussi obligatoire ! »

Logique, nous sommes en 1957 ! J'imagine brièvement ce qui se serait passé si la piscine avait été construite en 1927. Les hommes auraient certainement dû porter des maillots de bain en laine recouvrant tout leur corps et les femmes auraient dû se baigner dans un bassin différent. « Une cape de bain pour Madame et une pour Monsieur. Deux euros et vos pièces d'identité, s'il vous plaît. »

Je sors de ma cabine. Mon bonnet de bain noir zébré de jaune est beaucoup trop petit et ressemble plutôt à une kippa. Ainsi soit-il ! Mon maillot recouvre le nécessaire non sans peine et fut bleu un jour, il y a quelques quarante ans de ça. En plus de son bikini rose, l'amie qui m'accompagne s'est vissée sur la tête un bonnet de bain vert fluo en latex qu'elle a dû s'acheter il n'y a pas très longtemps.

Nous voilà enfin prêts pour aller nous jeter à l'eau !

Les douzaines de panneaux peints à la main en 1957 que nous voyons les mètres suivants nous indiquent que la « *douche [est] obligatoire avant la baignade.* » Dans un premier temps, nous esquivons cette étape en nous faufilant vers le bassin et regardons, émerveillés, le reste de la piscine. La tour de trois mètres de haut et ses toboggans semblent tout droit surgir d'une autre époque, d'un autre espace temps. Ils sont d'ailleurs « temporairement » hors service pour cause de vétusté. Le bassin est divisé en six lignes d'eau. L'équivalent de cinq classes d'école primaire sont en train d'apprendre à nager, chacune dans sa ligne. Depuis le bord de la piscine, les professeurs usent jusqu'à leur dernier souffle pour chaperonner leurs élèves.

« Nage correctement ou je viens te chercher ! »

« Anne-Emmanuelle, laisse ça ! »

« Lucas, viens ici tout de suite ! »

Les maîtres-nageurs sont présents en nombre bien plus que nécessaire mais il semble que ça soit précisément l'heure de leur pause. L'ambiance de travail au sein de cette piscine est, comme partout ailleurs en Belgique, excellente.

Après être restés assis quelques minutes au bord du bassin dans la contemplation la plus totale, nous nous aventurons tout de même sous les douches. Il suffit de tirer rapidement sur le cordeau de 1957 et l'eau tombe du ciel. Voyant toujours l'agitation dans la piscine, nous nageons rapidement une longueur, histoire d'être un peu mouillés puis nous retournons aussitôt au vestiaire, nous faisons ouvrir nos cabines, nous nous changeons, rendons les affaires que nous avons empruntées, récupérons nos cartes d'identités, passons à travers le trou de ver et rentrons à la maison pour ne plus jamais revenir dans cet endroit. Tout au moins pas en même temps que plusieurs classes de primaire et pas avant de s'être acheté nos propres maillots de bain. Egarés quelque part en 1957.

Est-ce que l'un d'entre vous, bienveillants lecteurs, pourrait me proposer l'année prochaine au comité du prix Nobel de physique ? Je viens tout de même de découvrir un trou de ver ! Celui-ci peut être visité du *lundi au vendredi* de 8h00 à 19h00, le samedi de 14h00 à 17h00 et *le dimanche* de 9h00 à 17h00, au 56-58 rue de Jérusalem, 1030 Bruxelles-Schaerbeek, Belgique.

Comment devenir un parfait ~~touriste~~ terroriste : leçon n°1

« *Non, Monsieur,* vous ne pouvez vraiment pas embarquer avec ça ! »

« Mais... Regardez, je l'ai pourtant acheté en face, juste là. »

Ne lisant pas le moindre signe de compréhension dans le regard de l'agent de sécurité, je poursuis mon argumentation :

« Vous l'avez bien vu, *allez !* »

Puis j'essaye de jouer la carte de l'amitié. Mais visiblement, ce n'est pas la bonne.

« *Non, Monsieur,* aucune exception ne sera faite ! »

Je tente une dernière fois ma chance :

« *Regardez, je...* – m'assois, respire profondément et avale goulûment. Vous croyez que je le boirais si c'était un explosif ? »

« Quel problème ça vous poserait de boire des produits explosifs si vous vouliez faire sauter l'avion ? Vous mourez dans tous les cas. »

Je regarde ma bouteille de Coca à moitié vide et je me dis que, oui, elle a vraiment l'air très très dangereuse.

De toute évidence, ma tactique de défense me fait passer pour un vrai terroriste. L'agent de sécurité se montre de plus en plus autoritaire.

« Maintenant vous me donnez cette bouteille !! »

Je fais ce qu'il me dit. Mais seulement après une autre grosse gorgée. Valeur résiduelle d'une bouteille vide en Allemagne : 25 centimes de consigne. Valeur de cette même bouteille dans le reste du monde : aucune. On ne va donc pas en faire toute une histoire.

Et comme ma bouteille est trèèès dangereuse, l'agent de sécurité, très professionnel, la jette : dans la poubelle juste à côté de lui.

Son collègue qui se trouve dix mètres plus loin va pouvoir s'amuser encore plus avec moi.

« Je peux regarder dans votre sac, *s'il vous plaît* ? »

« Bah, s'il le faut. »

Il le fouille et cherche quelque chose à l'intérieur pendant un moment.

« Ah ah ! C'est bien ce que j'avais vu : une lime à ongles ! »

Je l'avais complètement oubliée.

« Ça vient de mon hôtel, c'est écrit dessus. »

« Et alors ? Ça ne prouve rien, vous pouvez très bien l'avoir mise là exprès. Je dois malheureusement vous la confisquer ! Je suis désolé, ce n'est pas de notre faute hein, c'est ces nouvelles consignes de sécurité européennes, vous savez. »

Ça m'attriste que l'on mette tout le temps les points négatifs de nos vies sur le dos de l'Europe.

Ballonné à cause du Coca et délesté d'une bouteille vide et d'une lime à ongles que j'avais volée, je passe dans la salle d'embarquement.

Je rentre dans le premier magasin que j'aperçois et le balaye du regard. Le gérant ressemble comme deux gouttes d'eau à celui qui vient juste de me vendre la fameuse bouteille de soda.

Mon cœur de terroriste se met d'ailleurs à battre de plus en plus fort. J'aperçois les mêmes bouteilles de Coca qu'avant les portiques de sécurité. Ici, elles sont certainement moins dangereuses.

Et juste derrière : des bouteilles de vin et d'eau de vie, en verre. Avec ça, je pourrais mettre quelqu'un K.O.

Il y a aussi du tabac et des briquets et même des déodorants et du parfum. Personne n'a encore dû se rendre compte qu'en associant du feu et du parfum, on crée un mélange explosif. Je sortais avec l'intention de quitter le magasin d'un air hautain, quand je la vis : une lime à ongles en diamant. Furieux, je fis demi-tour pour m'acheter un briquet, une bouteille de vodka, du Coca, un nouveau parfum et un étui à manucure. Certes, je ne peux pas vraiment me servir de tout ça maintenant, mais je veux simplement essayer de monter dans l'avion avec.

L'hôtesse de l'air voyant tous mes achats ne prend bizarrement pas peur : « *Bienvenue à bord* ! »

Pour ne pas devoir me séparer de tous ces précieux achats, je ne lui demande pas si elle se sent menacée par mon étui à manucure. J'observe par contre avec attention les autres passagers : beaucoup entrent dans l'avion avec des sacs encore plus gros que les miens.

Une heure plus tard, quelqu'un me réveille :

« Pâtes ou poulet ? »

« Oh, poulet, s'il vous plaît. »

« Très bien. Monsieur, s'il vous plaît... *et voilà.* » Clac ! L'hôtesse pose un gros couteau en acier sur ma petite tablette. Je ne peux pas m'empêcher de ricaner.

Maintenant, je me sens vraiment plus en sécurité !

Devenez Bruxellois ! Mais pas aujourd'hui.

Si jamais il vous arrive de devoir séjourner en Belgique pour une longue durée, vous pourrez vous estimez heureux d'atterrir à Bruxelles. Tout y est bilingue. Et ce petit détail peut vous éviter de gros tracas, surtout en ce qui concerne vos relations avec la mairie et votre installation dans le royaume belge. Toute personne s'installant en Belgique doit se déclarer à la mairie pour y préciser son lieu de résidence. Mais faites attention car il y a des villes belges où l'on ne peut déclarer son domicile que lorsqu'on parle flamand. Le flamand, ça ressemble au néerlandais, mais ne vous risquez jamais à le dire ni aux Flamands ni aux Néerlandais. Taisez aussi le fait que ça ne soit même pas considéré comme une langue à part entière, mais plutôt, et ce dans le meilleur des cas, comme un dialecte dérivé du bas-allemand, autant dire pas grand chose. Naturellement, pour pouvoir apprendre le flamand dans un établissement d'éducation publique belge, il faut d'abord avoir déclaré son emménagement à la mairie.

Par un beau jeudi ensoleillé de début septembre, je me rendis donc, plein d'optimisme et de détermination, au service de la Population de la mairie. Le mois de septembre marque en Belgique, tout comme en France, le vrai début de l'année. Pour les Belges, l'année commence avec la rentrée le premier lundi de septembre. Écoles, mairies, universités, bus, coiffeurs et boulangers sortent de leur torpeur après deux mois de vacances générales. Juillet et août sont deux mois perdus qu'on peut tranquillement oublier car rien ne s'y passe.

La déclaration de résidence en Allemagne, ce n'est pas aussi simple qu'en France mais ça reste bien moins compliqué qu'en Belgique. De l'autre côté du Rhin, il suffit de se rendre à la mairie de sa ville, signer un formulaire, obtenir un autocollant, le coller sur sa pièce d'identité et quitter la mairie dix minutes plus tard (temps d'attente non inclus). En Allemagne, si votre ville comporte plusieurs mairies, vous pouvez aller dans celle de votre choix, ça ne fait aucune différence. Mais la Belgique n'est pas l'Allemagne. Bien évidemment. Rien que le drapeau est différent. Du jaune au milieu, du rouge à gauche et le tout dans le mauvais sens en plus.

A Bruxelles, tout dépend de la « commune » dans laquelle on s'est retrouvé par le plus grand des hasards. Une « commune » c'est une sorte d'arrondissement. Un arrondissement avec sa propre autonomie et sa propre police. La ville de Bruxelles n'est pas vraiment une ville mais plutôt un ensemble de communes. D'un point de vue strictement belge, ni la Commission européenne ni le siège de l'OTAN ne se situent à Bruxelles, mais sont respectivement dans les communes d'Etterbeek et d'Haeren. Mon arrondissement, pardon ma commune s'appelle Schaerbeek. J'ai donc uniquement le droit d'aller à la mairie de la commune de Schaerbeek pour faire mes démarches.

Un jeudi, disais-je. La mairie est grande, vide, vaste et large et a des allures décadentes de château. Aucun autre visiteur en vue. Seulement un homme sympathique à l'accueil, qui, comme tout le monde ici, se réjouit d'utiliser les cinq mots d'allemand qu'il connaît. Après avoir péniblement recopié ma carte d'identité à la main, il me donne une feuille format A6 tamponnée à deux reprises et comportant un rendez-vous avec l'employé de la mairie responsable des déclarations de domiciles. Lundi prochain entre 8 et 11 heures. Mais, d'après lui, plus on arrive tôt, moins on attendrait. Bien, je comprends vite que ma déclaration de domicile n'ira pas plus loin ce jeudi. Bruxelles n'est effectivement pas Berlin.

Le lundi suivant, je me lève donc à 7 heures pour arriver très tôt à la mairie. La queue à l'accueil semble interminable alors que la salle d'attente des guichets du service responsable des déclarations de domicile, le service de la Population, est complètement vide.

Le même homme que le jeudi précédent me salue d'un amical « Bonjour Monsieur Spietweh ! » et appuie pour moi sur l'automate qui distribue les numéros de passage. Je n'aurais effectivement pas pu le faire moi-même, moi, pauvre petit étranger idiot. J'ai le numéro 608. Le 607 est affiché au guichet 4, le 606 au guichet 8. Il n'y a personne devant, mais trois dames derrière les guichets. En pause-café. Des guichets 5 à 7 sont affichés les numéros au-dessus de 700 ; de toute évidence ce sont les guichets pour les pros des tickets de passage. En attendant, j'observe à nouveau la mairie en détails. La salle d'attente, séparée du ciel par un imposant toit en verre voûté, doit bien faire 20 mètres de haut.

Un bruyant « Cling ! » vient soudainement interrompre mon étude architecturale : le numéro 608 brille au guichet 8. Une dame m'accueille, « *Bonjour !* » et s'applique ensuite à parler le plus bas possible dans un français aussi rapide qu'indistinct, ce qui m'oblige à lui demander des explications à chaque phrase. Mais ça n'a pas l'air de la déranger plus que ça. On dirait pourtant qu'elle-même ne vient pas de Belgique. Mais ce n'est pas une raison pour s'attendre à la moindre preuve de solidarité. Elle réussit finalement à me faire comprendre que, pour déclarer mon emménagement à Schaerbeek, j'avais besoin de quatre photos d'identité (toutes des originales, et surtout pas des photocopies), de pile 12 euros en liquide (et surtout pas un euro de plus ou de moins), de ma carte d'identité, de trois photocopies de cette dernière, de mon inscription à l'université (original et deux photocopies). Le sympathique homme de l'accueil n'aurait évidemment pas pu me le dire jeudi dernier. Et il n'avait pas non plus le bon formulaire correspondant à ma demande et que cette charmante dame doit remplir maintenant, à la main. Ceci me permet d'apprendre une nouvelle expression française : mesure d'aide à l'emploi.

J'avais en fait tous les papiers nécessaires, mais seulement pas en assez grand exemplaire. Et évidemment, on ne peut pas faire de photocopies à la mairie. Ça n'est d'ailleurs pas important que ma carte d'identité ait été recopiée deux fois à la main, par deux employés de la mairie. Mais je sens que ce n'est pas le moment d'émettre ce genre de remarque à haute voix. Il me faut cette déclaration de domicile aujourd'hui. Et, à ma plus grande surprise, on me redonne un rendez-vous pour le jour même entre 8 et 11 heures.

De retour à la maison, je fais marcher imprimante et scanner, photocopie en couleur ma carte d'identité en plusieurs exemplaires. Je prends également quatre autres photos d'identité en plus, on ne sait jamais, et me remets en route vers la mairie. La queue à l'accueil est maintenant toute petite, alors que la salle d'attente du service population est pleine. Le monsieur de l'accueil avait raison, plus on arrive tôt, mieux c'est. Comment est-il seulement possible d'arriver aussi tard que moi ? À 9h00 ! Numéro 627.

J'ai à nouveau un peu de temps pour mes observations et cette fois, je me penche sur l'intense travail administratif réalisé par les employés de la mairie. Les guichets 4 et 8 affichent les numéros précédents le mien, tandis que le guichet 7 est malheureusement fermé – apparemment en pause déjeuner. Le guichet 5 s'affole et affiche le numéro 750, puis le numéro 333, et passe ensuite au numéro 005 pour finalement annoncer le numéro 760. Je croyais que ce guichet ne fonctionnait pas correctement, mais, étonnamment, il se trouve toujours quelqu'un tenant dans sa main le numéro correspondant. Peut-être, s'agit-il d'une nouvelle astuce technique visant à ne pas laisser les gens savoir combien de personnes doivent passer avant eux.

Étant donné que les dames des guichets 4 et 8 forment, comme chacun le sait, une équipe, elles sont obligées de discuter entre elles régulièrement. Je me demande alors pourquoi leurs deux guichets ne sont pas l'un à côté de l'autre, mais je me retiens de poser la question. Et vous en connaissez la raison : je veux obtenir ma déclaration de domicile aujourd'hui. A 9h10 environ, une livraison d'articles de bureaux tout neufs vient s'ajouter à l'affluence et s'empare pour un moment de l'attention de tous les employés. Wouah ! Des petits fils métalliques courbés et recourbés visant à attacher plusieurs feuilles de papiers ensemble ! Quelle innovation ! Ça, ça vous occupe pendant un bon quart d'heure. Peu après, quelqu'un tente de se révolter au guichet 8 parce qu'on lui reproche de ne pas avoir le nombre suffisant de copies de l'acte de naissance de son fils. J'ai du mal à me retenir de sourire. Quel amateur ! Le verre blindé est là pour parer à ce genre de tentative.

9h30, au guichet 8, la même dame. Cette fois, j'ai tout avec moi, y compris le lieu de naissance de mes parents, le nom de naissance de ma mère (j'ai un bref coup de chaleur parce que j'ai oublié le lieu de naissance de mes arrière-grands-parents, mais, heureusement, la dame oublie complètement de me les demander). Est-ce que je possède un permis de conduire ? Oui. Mais ça n'a pas l'air d'être vraiment important, ça ne fait qu'ajouter un papier à la déjà très longue liste de documents nécessaires qui doit maintenant culminer à environ 34. Je signe tous les documents, elle tamponne tous les documents. Plusieurs fois. Je paye mes 12 € pile, elle saisit un rouleau sur lequel sont collés plein de petits autocollants « 12 € payés ». Elle en décolle un, le colle sur un autre bout de papier puis l'agrafe à mon dossier. Je me garde bien de lui suggérer de coller directement l'autocollant sur mon dossier. Elle me remercie en m'indiquant que la police passera dans les prochains jours chez moi ! Afin de <u>pour</u> vérifier si mon nom est bien écrit sur la boîte aux lettres. Je recevrai, peut-être, un prochain rendez-vous par la poste. Dans tous les cas, j'ai dans la main un papier valable qui certifie que j'ai déposé un dossier de déclaration de domicile et que je suis bien qui je suis et non pas le comte de Monte-Cristo. Pas le temps de laisser mon étonnement s'exprimer, il faut que je libère la scène pour le prochain candidat.

Quatre semaines plus tard environ, par un beau samedi après-midi d'octobre, déjà, je trouve dans ma boîte aux lettres « une convocation » à me rendre au commissariat de la commune de Schaerbeek. En bon citoyen, j'y vais le lendemain. Que le commissariat de police de la commune voisine de Saint-Josseten-Noode soit en fait plus proche de chez moi que celui de Schaerbeek n'a rien de vraiment étonnant et d'ailleurs je ne m'attarderai pas plus là-dessus.

« Nous voulions seulement vérifier que vous existiez ! », me dit-on une fois au commissariat. Évidemment. C'est compréhensible. Comment pourrais-je ne pas exister ? Rien que pour avoir le rendez-vous où on me donna la liste des documents dont j'avais besoin pour déposer mon dossier et ainsi obtenir ce rendez-vous là avec eux, j'avais dû décliner mon identité à maintes reprises. La police a même reçu une lettre de la mairie dans laquelle toute ma vie était détaillée. En Belgique, j'apprends à me taire. Ma visite au commissariat se termine, ne me demandez pas pourquoi, par le contrôle de mon contrat de location et celui de ma carte d'identité (pour lesquels je devrais d'ailleurs me faire payer). On ne me laisse pas repartir bredouille puisque je reçois un dépliant sur lequel Schaerbeek est dessiné et divisé en plusieurs zones de couleurs. Des policiers-interlocuteurs, qui sont présentés dans ce dépliant, ont été attribués à chaque zone. Les deux côtés de ma rue ont chacun un interlocuteur différent. A vrai dire peu m'importe la logique utilisée par la police lors de la division de la commune, ce que je veux en définitive, c'est mon certificat de résidence. Mon interlocutrice, Julie Ruyters, une Flamande en fait responsable de l'autre côté de ma rue, se présente courtoisement et m'avoue qu'elle parle plus volontiers allemand que français, et en profite pour se plaindre quelque peu de la bureaucratie belge. Je ne veux pas être mauvaise langue, mais ce n'est pas bien compliqué d'être d'accord avec elle.

« Votre poste de police est ouvert pour vous tous les jours de 7h00 à 22h00, si vous souhaitez obtenir des contacts supplémentaires... »

La police est dans l'ensemble l'autorité la plus sympathique qu'il y ait en Belgique. Le processus de déclaration de résidence dure, d'après Julie Ruyters, environ six semaines.

« Super ! », criais-je en laissant échapper ma joie, « quatre semaines sont déjà passées ».

« Non, non, me corrige-t-elle, six semaines à partir de maintenant. »

« Comment ? »

« Oui, normalement ça ne dure pas aussi longtemps pour que vous soyez convoqué par la police, mais je tiens à vous dire que je n'ai pris que quatre semaines de vacances. »

Non seulement le pays est immobilisé deux mois pendant l'été, mais en plus on m'attribue apparemment la seule employée qui a dû être obligée de rester à son poste au mois d'août. A croire que même les voleurs et bandits bruxellois partent en vacances en juillet et en août.

Julie Ruyters avait tout de même prévu quelques questions pièges à la fin de notre entretien. Après quelques hésitations, j'affirmai habiter seul quand elle me posa la question. On m'avait pourtant vu accompagné. Et le nom de ma copine était écrit à côté du mien sur la boîte aux lettres, tout comme ceux du locataire précédent, de celui d'encore avant, et de ceux d'encore avant avant... Qui a déclaré son domicile, doit écrire son nom sur la boîte aux lettres et qui a son nom écrit sur la boîte aux lettres doit avoir déclaré son domicile. C'est aussi simple que ça en Belgique. Mais nous passons rapidement cette question et j'ai l'impression que sa mauvaise conscience (par rapport à ses vacances, vous savez) m'a un peu aidé.

Je reçois une lettre de la mairie, environ quatre semaines plus tard, ou plutôt 52 semaines selon mon impression. Il faut enfin que je retourne à la mairie. Nous sommes fin novembre. Aussitôt dit, aussitôt fait. J'arrive de bonne heure, et de bonne humeur. Personne à l'accueil, la salle d'attente est, elle, par contre, pleine. « Bonjour Monsieur Spietweh ! ». Je reçois mon numéro. J'attends et j'observe la bonne ambiance de travail (de la pause-café, devrais-je plutôt dire) des employés aux guichets. Je signe finalement mon certificat de résidence qui a effectivement l'air d'être fin prêt. J'en trépigne d'impatience. Mais je n'ai pas le droit de le prendre avec moi. C'est la police, mon amie et soutien, pourvoyeuse de document officiel, qui devra s'occuper de me le remettre, même si la poste n'est pas en grève.

Le dimanche suivant, mon interlocutrice au poste de police vient en effet sonner à ma porte. Voiture de police devant l'immeuble. On peut se permettre de se demander ce que la police fait d'autre à part contrôler des boîtes aux lettres, convoquer les gens qui veulent changer d'adresse et délivrer en voiture à domicile leur certificat de résidence. Bien que ça faisait déjà quelques semaines à ce moment-là que j'étais en Belgique, je continuais à me refuser d'émettre toute critique à voix haute. Je sais me tenir. J'étais aussi bien trop occupé par l'obtention de mon certificat de résidence. En tout et pour tout, il n'est encore valable que huit semaines. Après quoi, je devrai retourner à la mairie pour en faire prolonger la validité. Six petites cases sont d'ailleurs prévues au verso pour les tampons de la mairie. Mais j'avais un mauvais pressentiment. Étant donné que la période avant le jour de l'an, comme on le sait tous, passe horriblement vite, je ne me rendis dans ma mairie préférée que juste après, au mois de janvier. En attendant mon tour, je me demandais si je n'allais pas finir par y passer plus de temps qu'à l'université alors que le but premier de mon séjour était quand même d'étudier.

L'employée au guichet semblait stupéfaite par ma persévérance mais elle sortit un dernier tour de sa manche pour se débarrasser de moi : il me manque l'attestation de ma caisse d'assurance maladie pour obtenir un certificat de résidence définitif.

« Je suis citoyen allemand, Madame, et ne reste que temporairement en Belgique. Je suis assuré en Allemagne. »

« Mais vous êtes assuré, Monsieur ? »

« Bien sûr, Madame. »

« Dans ce cas, j'aimerai bien que vous me rapportiez votre attestation d'assurance maladie, Monsieur ! »

« Si c'est ce que vous désirez, Madame. Mais mon attestation n'est qu'en allemand. » Je jubile intérieurement. Gloire à ma répartie qui, je l'espère, aura mis fin à ce sujet !

« Ce n'est pas si important, Monsieur. Nous voulons seulement vérifier que vous êtes bien assuré auprès d'une caisse d'assurance maladie. De plus, l'allemand est la troisième langue officielle de ce royaume, Monsieur. »

Encore une fois, on me donne un autre rendez-vous et on me répète que je dois y venir avec mon attestation d'assurance maladie. Aussitôt dit, aussitôt fait. Malheureusement, je me retrouve à un guichet différent, avec une employée différente. Au fait, nous sommes déjà en février.

« Mais qu'est-ce que c'est que ça, Monsieur ? »

« C'est l'attestation de ma caisse d'assurance maladie allemande. »

« Vous êtes assuré en Allemagne ? » Je me demande ce qu'a bien pu écrire sa collègue sur l'ordinateur la dernière fois. « Oui, c'en est d'ailleurs l'attestation, Madame ! »

« Mais... Monsieur ! » Je crois qu'elle a du mal à respirer. Mais à cause de la vitre blindée je ne pourrai pas lui porter les premiers secours, même si je le voulais et si c'était vraiment, vraiment nécessaire.

« Cette attestation », elle respire de plus en plus vite et, désespérée, tourne et retourne la feuille dans tous les sens, « C'est en allemand ».

« Oui, Madame, je sais. Votre collègue m'a dit que ce n'était pas un problème. C'est tout ce que j'ai. L'allemand est la troisième langue officielle de ce pays ! »

Il s'en suit un intense échange de regards entre elle et moi. Victoire Spietweh. Je ne saurai jamais si elle pouvait vraiment lire l'allemand ou si, à ce moment-là, j'aurais tout aussi bien pu lui montrer l'arbre généalogique de mon chien.

« Eh bien, si c'est tout ce que vous avez, nous l'acceptons tel quel. »

Pouah ! Coup de poker remporté ! Elle me demande ma carte d'identité allemande, mon certificat de résidence belge et les photos d'identité. D'un coup, j'ai chaud. Comment ça des photos d'identité ? Je fouille dans mon portefeuille et y trouve mon bonheur. Je me rappelle en avoir laissé une bonne douzaine, au cas où. C'est une habitude que la Belgique nous fait prendre. L'employée de mairie prend mon horrible certificat de résidence provisoire belge et, au lieu de le tamponner, le déchire.

« Mais, Madame, je voulais rester ici encore un petit peu plus longtemps ! »

« Vous allez recevoir un autre certificat de résidence. Vous avez l'air de rester ici pour une assez longue période, Monsieur ! » Je me sens honoré. Il semble qu'on n'obtienne le bon permis de séjour que lorsqu'on est vraiment persévérant. D'un autre côté, je me demande s'ils n'avaient pas pu le déduire grâce à mon certificat d'inscription à l'université que je leur ai fourni en septembre. Et à quoi bon servait l'espace pour les tampons ? Mais je ne veux en aucun cas risquer de remettre en question l'amitié que je viens de nouer avec l'employée du guichet et me retiens, encore une fois, de poser des questions. A la place, je signe ici et là, donne mes photos et paye à nouveau pile 12€. Je lui demande ensuite quand est-ce que je devrai me rendre à la police. Elle me regarde interloquée. « Monsieur, vous pouvez venir dans deux semaines retirer votre permis de séjour sans rendez-vous au guichet 28. » Alléluia ! J'ai réussi. Le guichet 28 sera le premier guichet auquel j'irai qui n'est pas réservé aux étrangers.

Deux semaines plus tard, j'obtins mon certificat de résidence à la mairie. Il est mauve et valable neuf mois. Mi-février : c'est fait ! Il m'a fallu cinq mois, mais ça en valait la peine. Je suis aux anges.

En guise de dernière indication, on me fait comprendre que je suis dans tous les cas obligé d'informer la mairie de tout départ définitif du pays. L'expiration de mon certificat de résidence ne suffisant pas. Je me suis par contre abstenu de le faire, parce qu'au final je voulais moi aussi pouvoir laisser mon nom sur la boîte aux lettres. Et surtout, je préférais passer mes vacances ailleurs qu'à la mairie.

L'Europe fait des économies

L'un des avantages indéniables de l'Union européenne est la possibilité pour les frontaliers d'aller réaliser leurs achats dans un pays voisin. En habitant à Aix-la-Chapelle, on se rend certes rapidement compte que peu de choses sont moins chères aux Pays-Bas qu'en Allemagne, mais les médicaments y sont la plupart du temps plus abordables.

Ainsi j'ai une fois eu l'étrange idée de vouloir faire économiser de l'argent au système de santé (allemand) en me procurant aux Pays-Bas un vaccin prescrit par mon médecin (allemand) et en me le faisant finalement rembourser par mon assurance maladie (allemande).

Aux Pays-Bas, le vaccin coûtait environ 40€, soit la moitié de ce que mon assurance maladie m'aurait remboursé sans sourciller si je l'avais acheté dans une pharmacie allemande. J'ai donc acheté le vaccin en ayant conscience de son prix et j'ai transmis la feuille de soin à mon assurance. Voici la réponse que je reçu de leur part :

Objet : Remboursement des frais de santé – Attestation

Monsieur Henry Spietweh,

Suite à la réception de votre feuille de soins, nous effectuons aujourd'hui un remboursement de 30,17 € sur votre compte en banque.

Par la présente nous vous présentons le calcul du montant remboursé :

Dates des soins	Type de soins	Montant des soins	Montant du remboursement	Participation forfaitaire	Frais supplémentaires
30.04.10	Frais de vaccination	41,17 €	41,17 €	5,00 €	6,00 € déduits pour les frais administratifs relatifs à l'achat du médicament à l'étranger
Montant total		41,17 €	41,17 €	5,00 €	6,00 €
Montant du remboursement					30,17 €

La présente lettre vaut également comme preuve du versement des participations forfaitaires.

Vous avez déjà payé cette année des frais supplémentaires s'élevant à 2% de vos revenus bruts annuels – ou à 1% dans le cas d'une maladie chronique grave ? Votre agence TK aura le plaisir de vous conseiller sur les possibilités d'être exonéré de ces frais.

En Allemagne, l'assuré participe personnellement à hauteur de 5,00 € à chaque prescription médicale. Nous y sommes habitués depuis bien longtemps. Mais je ne comprends pas d'où vient la déduction de 6,00 € pour les « frais administratifs relatifs à l'achat du médicament à l'étranger ».

Je renvoie une lettre à ma caisse d'assurance pour leur dire qu'avant ils remboursaient ces frais et qu'en fait l'achat du médicament aux Pays-Bas leur a fait économiser beaucoup d'argent.

Objet : Remboursement du vaccin acheté aux Pays-Bas – réponse à votre lettre du 24 avril

Monsieur Spietweh,

Je n'ai malheureusement pas réussi à vous joindre par téléphone.

Dans notre lettre relative au remboursement du vaccin que vous vous êtes procuré aux Pays-Bas, nous vous avons fait part de frais administratifs d'une hauteur de 6,00 € que nous avons déduits du montant à vous rembourser. Ces frais se référant au recours d'un service de santé à l'étranger. Vous trouverez, joint à la présente, un extrait de nos statuts l'expliquant.

Ces frais administratifs n'ont, par erreur, pas été inclus lors du remboursement effectué en septembre 2009 ; nous renonçons naturellement à ce que vous les payiez a à posteriori. Par la présente nous vous confirmons également que le montant du remboursement relatif à ce soin reste inchangé et nous souhaitons vous prévenir que ces frais seront, à l'avenir, également déduits pour tout autre soin effectué à l'étranger.

S'il vous restait encore des questions, n'hésitez pas à me téléphoner.

Nous vous prions d'agréer, Monsieur, l'expression de nos sincères salutations.

Grâce à leur grande générosité je n'ai donc rien à leur rembourser. Super. Je m'aventure quand même à leur demander s'il faut vraiment que j'achète, à l'avenir, des médicaments nettement plus chers pour perdre moins d'argent lors de mon remboursement.

Objet : Remboursement de vaccins achetés à l'étranger

Monsieur Spietweh,

Nous vous remercions pour votre lettre du 18 mai 2010.

En réponse à votre question, nous aimerions vous informer que nous n'ajouterons rien de plus à ce que nous vous avons dit dans notre lettre du 12 mai 2010.

En outre, vous restez libre de décider par vous-même du lieu d'achat de vos vaccins.

Nous vous prions d'agréer, Monsieur, l'expression de nos sincères salutations.

Alléluia !

Accident de parcours et confusion polyglotte sur un quai de gare

Il fut un temps où je dus souvent me rendre de Berlin à Aix-la-Chapelle. Évidemment, j'effectuai ces trajets en train. Et même si chaque voyage avec la Deutsche Bahn ne cesse de remettre en question la logique de nos décisions, le train nous apparaît quelques fois comme un moyen de locomotion plutôt commode. Voyager sur le réseau ferré est, dans tous les cas, à chaque fois une expérience unique.

La gare d'Aix-la-Chapelle est très bien raccordée au réseau ferroviaire allemand ; ICE (Abréviation pour Inter City Express, train correspondant au TGV français), Thalys et trains à grande vitesse internationaux la desservent. La Deutsche Bahn, l'entreprise gérant le réseau ferroviaire allemand, n'a néanmoins jamais réussi à mettre en place une correspondance ICE pour les passagers voyageant de Berlin à Aix-la-Chapelle. Et comment pourrait-elle le faire ? Pour rejoindre Aix-la-Chapelle depuis

Berlin, la correspondance peut s'effectuer dans l'une des nombreuses gares de Rhénanie-du-Nord-Westphalie. Selon l'humeur de la Deutsche Bahn, vous pourrez effectuer votre correspondance à Cologne, Düsseldorf ou Duisbourg ou bien même à Hamm, Bielefeld ou Wuppertal. Notez bien qu'aucune de ces gares n'est une merveille architecturale.

Ma correspondance, aujourd'hui à Cologne, a dix minutes de retard à cause d'un « accident de parcours ». En allant à Aix-la-Chapelle depuis Berlin, on peut rester de 5 à 60 minutes à Cologne selon l'état du trafic ferroviaire. Grâce à de nombreux aller-retours, on finit ainsi par devenir un fin connaisseur de la cathédrale, alors qu'on n'a jamais vraiment visiter Cologne. Après avoir guider des touristes étrangers à travers la cathédrale, il me reste malheureusement encore beaucoup de temps à attendre avant le départ de mon train, le régional express en direction d'Aix la Chapelle du côté ouest de la cathédrale, donc voie 7.

Alors que je me demande ce qui peut bien se cacher derrière cet « accident de parcours » et si tout dans la vie n'est pas au final une succession d' « accidents de parcours », une étrange pièce de théâtre se joue voie 6, juste en face de la mienne.

Deux trains ICE doivent en fait y être raccordés pour ne former qu'un seul et même train à destination de Bâle. Un des trains est en cours de préparation en gare. Ce dernier a été baptisé « Amsterdam » et porte l'emblème des Chemins de fer fédéraux suisses. A part ça, il a l'air d'un train comme les autres – il ne sent pas le poisson mais semble un petit peu plus lent que la normale. Le numéro de ce train comporte quelque chose comme ICE/LH[1], ce qui ne laisse rien paraître de son appartenance à la compagnie alpine. Ne doit-on pourtant pas lire ce genre d'information sur le numéro du train ? Et depuis quand la Lufthansa a-t-elle décidé que le train était un meilleur moyen de transport que l'avion ? Je n'ai malheureusement pas le temps de

---

[1] LH : abréviation pour la compagnie aérienne allemande Lufthansa

poursuivre ces réflexions philosophiques jusqu'à leur terme car le deuxième train qui arrive tout juste d'Amsterdam entre en gare. Celui-là s'appelle « Augsbourg » et appartient à la Deutsche Bahn. La confusion la plus totale règne parmi les retraités helvétiques qui attendent sur le quai et cherchent à savoir s'ils doivent prendre le train qui s'appelle « Amsterdam » ou celui en provenance d'Amsterdam.

Une annonce par haut-parleurs vient interrompre leur questionnement : « Les voitures du train en direction de Bâle sont aujourd'hui en sens inverse. Les voitures de première classe se situent maintenant en face des tronçons A et F du quai. »

Je prends un instant pour observer ce monstre de tôle qui s'avance en voie 6. Les tronçons A et F se trouvent à chaque extrémité du train. Si la première classe est au niveau A et F.... et qu'on change le train de sens... la première classe se trouve donc... devant les tronçons F et A... non ? (bref c'est comme si la pierre philosophale s'était mise à dysfonctionner transformant les voitures de voyageurs en wagons à bestiaux)

Pourquoi ne pas tout simplement changer les numéros informatiques des wagons pour que tout soit à nouveau dans le bon sens ? Mais tout le monde ne pense pas autant que nous au bon fonctionnement des trains. C'est pourquoi un mouvement de foule se développa soudain devant les wagons C et D. Les retraités ayant une place dans le wagon F voulant atteindre le tronçon A et ceux ayant une place dans le wagon A souhaitant se rendre au tronçon F. Sans réfléchir, ils se rentrent les uns dans les autres comme des élèves de petite section de maternelle en s'écriant : « Laissez-moi passer ! » et en pensant : « Pousses-toi de là que que j'm'y mette ! ».

La deuxième annonce qui retentit quelques minutes plus tard leur apporte des informations déjà un peu plus précises. Elle explique que seul le train mis en service à Cologne est dans le mauvais sens et que les wagons de la première classe sont en fait en face du tronçon D du quai.

Comment peut-on mettre un train dans le mauvais sens ? Est-ce qu'il y a un tronçon de retournement derrière la gare qui a aujourd'hui mal retourné le train ? Ou bien est-ce qu'une boucle de retournement est bloquée ? Ces réflexions aussi, je ne peux pas les mener jusqu'au bout, car la sympathique voix des haut-parleurs se manifeste à nouveau. Les wagons du train arrivé d'Amsterdam sont eux aussi dans le mauvais sens. Quelqu'un aurait-il tout bonnement inversé le train de sens quelques kilomètres avant d'arriver à Cologne ? Mais comment se fait-il qu'ils ne le remarquent que quand le train est entré en gare ? Les écrans d'informations se trouvant sur le quai ont en tout cas jeté l'éponge et indiquent seulement aux passagers de « faire attention aux annonces faites par haut-parleurs ». La dernière annonce affirme que les wagons de la première classe du train Amsterdam sont probablement au niveau du tronçon C. Le train

Amsterdam ? Est-ce le train d'Amsterdam ou le train « Amsterdam » ? Visages déconfits des retraités...

Et tandis que nos vieux amis helvétiques prennent leur mal en patience, je me demande en quelle langue sont faites les annonces dans le train des Chemins de fer fédéraux suisses venant d'Amsterdam et se rendant à Bâle. En suisse-allemand ? En néerlandais ? Ou dans les deux langues ?

D'une manière ou d'une autre ce miracle de l'Europe sans frontières doit partir pour Bâle à 10h54. Le IC (un simple Intercity sans E, donc pas express) direction Coire PAR Bâle de 10h53 part maintenant de MON quai, en face donc de celui du miracle européen. Les retraités ont, à une minute d'intervalle, deux possibilités pour rejoindre Bâle, sans compter le problème du train mal assemblé et dans le mauvais sens. Malheureusement, je n'ai pas le temps d'assister aux premières crises cardiaques – je dois courir.

Mon train régional express en direction d'Aix-la-Chapelle est soudainement passé voie 8. Il stationne des tronçons A à C (d'après l'affichage) ou bien des tronçons B à D (d'après l'annonce aux haut-parleurs). Mais le conducteur n'a malheureusement pris aucune des deux indications en considération et emmène le train jusqu'au bout du quai – certainement dans le seul but de rallonger la distance que j'ai à courir !

Suite de l'histoire :

Autre jour, autre lieux : je m'apprête à partir de la gare principale de Berlin pour Aix-la-Chapelle, depuis les voies situées en sous-sol. C'est ici que les trains direction nord-sud circulent tandis que les voies supérieures sont dédiées aux trains direction est-ouest. Les trains allant à l'ouest partent donc d'en haut. Sauf le mien. Le mien part d'en bas. Vous me direz qu'Aix-la-Chapelle est bien au sud de Berlin... Pensez-vous ! Nous sommes partis vers le nord !

Mais aujourd'hui, ce n'est pas sur ce détail que je me plaindrais, très chère Deutsche Bahn, car même ma place réservée dans ce train n'existe pas. Pire encore : toute la voiture dans laquelle je devrais être installé a disparu. C'est même deux voitures complètes dont les places ont été consciencieusement réservées qui sont introuvables, ce qui est bien plus grave que de stationner en en sous-sol dans l'obscurité. J'ai donc le choix entre une place debout ou une place assise dans le compartiment fumeurs qui existait encore à l'époque. J'appris ainsi que les fumeurs s'asseyaient en fait en espace non-fumeurs et se rendent au compartiment fumeurs que lorsqu'ils ont envie de fumer parce qu'ils ne veulent pas y rester, l'air y étant trop mauvais. Mais, moi, je suis fort et décide d'y rester.

Grâce à la charitable Deutsche Bahn, mes poumons peuvent profiter de ce plaisir indescriptible un peu plus longtemps car mon train est retardé de 45 minutes. J'ai bien sûr raté ma correspondance, mais ce n'est pas grave, ce n'était même pas un ICE. Le contrôleur ne manque pas de rappeler lors de son passage que des dédommagements ne sont versés qu'à partir de 61 minutes de retard et que, selon toutes probabilités, nous n'y aurons pas droit. Dois-je lui être reconnaissant pour cette information ? Et si je ratais le contrat de ma vie à cause de ces 45 minutes de retard ? Mais ça, personne ne s'en soucie... De toutes façons, ce n'est pas une bonne idée d'avoir trop d'argent : on risquerait de racheter la Deutsche Bahn et d'y faire quelques changements d'organisation – ça personne n'en a envie !

La gare de Duisburg, où je devais en principe prendre ma correspondance, ne semble plus convenir au contrôleur à cause du retard de notre train. Selon lui, je pourrais gagner sept minutes si je change de train à Düsseldorf. Maintenant, je dois vraiment le remercier ? Il diminue tout de même mon retard de sept minutes. Je me décide donc à suivre son conseil et monte à Düsseldorf dans le « Wupper-Express » qui se dirige vers Aix-la-Chapelle. Wupper. Mais ce n'est pas du tout là où je voulais aller – ce n'est pas du tout la bonne direction ! Le régional express se révèle en fait être un simple train de banlieue qui s'arrête dans tous les bleds paumés de Rhénanie entre Grevenbroich et Übach-Palenberg.

Merci, Deutsche Bahn et gloire à celui qui n'est jamais arrivé à Cologne sans problème !

Pas de banque pour les étrangers

Lors de ma recherche d'appartement à Bruxelles, j'avais déjà commencé à regarder les offres des banques belges et à m'informer sur les services qu'elles proposaient aux étudiants, au cas où je serais arrivé par miracle à un jour recevoir mon certificat de résidence. C'est évidemment sur ce petit bout de papier que repose toute ouverture de compte en Belgique. La banque répondant au doux nom de « Fortis » m'est finalement apparue comme étant la bonne. Elle possède des agences à tous les coins de rue et propose un « compte jeunes » qui ne coûte pas grand-chose. « Je vous imprime ça de suite... », me dit l'homme au guichet. Dix pages. « Mais vous devez faire ouvrir votre compte dans la commune où vous habitez. » – Logique.

« Combien de temps allez-vous rester en Belgique ? »

« Un an, Monsieur ! »

« Il me faudrait alors votre certificat de résidence et votre carte d'identité, s'il vous plaît. »

Enfin ! Enfin, je pouvais à nouveau montrer ma carte d'identité à quelqu'un ! La pauvre, toute seule depuis quelques heures dans mon portefeuille, elle s'ennuyait trop. Et je lui remis mon certificat de résidence plein de fierté ! Juste après avoir recopié ma carte d'identité à la main, l'employé consulta le directeur de l'agence. Ils discutèrent devant moi puis d'un air dédaigneux me répondirent :

« Nous sommes vraiment désolés, Monsieur, mais nous ne pouvons pas ouvrir de comptes aux étrangers dont la carte d'identité expire dans moins de cinq ans. Vous pouvez essayer d'aller à la Banque de la Poste[2] ! »

Je voulais juste ouvrir un compte en banque et non pas émigrer en Israël. Je n'ai pas besoin de mentionner qu'en tant

---

[2] Service bancaire de la Poste belge

qu'Allemand âgé de moins de 25 ans je ne reçois que des cartes d'identités valables seulement cinq ans.

Je me rends donc à la Banque de la Poste, qui est plus proche de chez moi au moins. La queue au guichet y est longue, et l'ambiance de travail est – comme toujours – détendue. Alors que j'attends mon tour, je me rends utile comme interprète. Une employée de la poste ne comprend pas derrière sa vitre blindée ce qu'une Canadienne essaye de lui dire par « Canadian Embassy ». Je lui traduis donc : *« ambassade canadienne ».* Vous soulignerez vous aussi, la différence considérable qu'il y a entre l'original et la traduction. Entre étrangers, il faut se soutenir !

Un guichet se libère.

« J'aimerais ouvrir un compte en banque ! »

« Merci de vous adresser à mes collègues de l'espace réception clients ! »

Ah ah, ce n'est donc pas un employé de guichet lambda qui peut réaliser ce genre de tâches. Un homme en costume cravate sort de son bureau et me dis que je dois patienter encore quelques instants car il est très occupé. Je m'assieds et patiente. L'homme en costume apparaît un peu après au guichet auquel je m'étais adressé et me pris de bien vouloir venir rapidement parce qu'il n'a pas beaucoup de temps.

« J'aimerais ouvrir un compte en banque ! »

« Est-ce que tu as déjà fait ça ? » demande l'homme à l'employé assis un peu plus loin au guichet.

« Je crois que oui. »

Ils s'affairent tous les deux pendant une demi-heure à recopier ma carte d'identité (You hou !), à tamponner des documents et à me poser des questions. Dans quelle langue souhaitez-vous que vos documents soient rédigés ? En allemand, oui, c'est possible, mais tout vous sera envoyé par la poste. Lieu de naissance, adresse à écrire ici, puis là, nom de naissance de ma grand-mère, et toutes les autres informations habituellement demandées.

« Félicitations, vous pouvez dès maintenant virer ou verser de l'argent sur votre compte. »

« Très bien. Et quel est mon numéro de compte ? »

Cette question me vaut un regard noir. « Vous le recevrez par la poste dans trois semaines, Monsieur ! », me dit-il. Comment pouvais-je ne pas le savoir ?

« De plus, vous ne pourrez retirer de l'argent que lorsque vous aurez votre carte Monsieur. »

« Ma carte ? » demandais-je d'une petite voix.

« Votre carte bleue, vous la recevrez par la poste dans trois semaines avec tous les autres documents, Monsieur ! »

Environ deux semaines et demie plus tard, j'ai effectivement reçu une lettre comprenant le code de ma carte bleue et m'indiquant que, prochainement, je pourrai moi-même (!) aller la chercher à la poste en présentant une pièce d'identité. Pour des raisons de sécurité, ils prévoient de m'informer plus tard de la date et du lieu où je pourrai le faire. C'est encore dix jours plus tard que je reçus l'invitation à finalement aller chercher ma carte bleue qu'ils renverraient si je ne venais pas de suite et ce qui annulerait ainsi toute ma demande. Je ne voulais pas courir ce risque et je suis donc allé récupérer ma carte directement. Sachez que ce fut un sentiment incroyable ! Mais ensuite, je n'ai plus reçu aucun document pendant un bon moment. J'avais l'impression que je ne recevrai mon premier relevé de compte qu'après avoir fait une première transaction avec ma carte. Je me suis donc déplacé à la poste pour savoir quel était le numéro de mon compte à l'étranger pour que je puisse me faire des virements depuis l'Allemagne.

« Je ne peux pas vous le donner Monsieur, mais il est inscrit sur votre relevé de compte. »

« Alors j'aimerais bien avoir un relevé de compte. » Jamais de ma vie je n'avais été aussi sûr et certain de ce que je voulais.

« Je ne peux malheureusement pas vous en le fournir. »

« Comment ? »

« Il vous sera directement envoyé par notre siège. »

« Quand ? »

« Dès que vous transférerez de l'argent ! » me répondit-il d'un air méprisant.

Je regarde à droite puis à gauche. Il y a environ dix guichets auxquels des gens effectuent virements, versements et retraits depuis leurs comptes. Comment ont-ils bien pu se procurer leur numéro de compte ? Je prends le risque moi aussi de faire une opération et décide de verser 10 € en liquide sur mon compte –

sans savoir où exactement. Au mieux, j'aurais préféré ne laisser qu'un centime. Mais craignant que l'employé du guichet traverse sa vitre et ne m'arrache la tête (ce qui a déjà dû se passer), je me décide à déposer 10 €. A peine quelques jours plus tard, je reçus mon premier relevé de compte et je pouvais enfin me virer de l'argent depuis l'Allemagne. Après des semaines et des mois en Belgique, finalement moi aussi j'avais une carte bancaire belge. Tout ici fonctionne en fait par carte bancaire. Vraiment tout. Sans une telle carte on ne peut rien s'acheter à manger aux distributeurs de la fac. Et faire le plein d'essence la nuit sans carte bleue belge ? Arrêtez de rêver !

En ouvrant mon compte en banque, j'avais coché la case demandant si on désirait bénéficier des services de banque en ligne. Presque six semaines s'étaient écoulées depuis mais rien ne s'était passé en conséquence.

« Pour ça, vous devez en faire la demande explicite. Remplissez proprement ce formulaire et revenez demain avec (!) votre carte d'identité, Monsieur ! »

La croix que j'avais faite sur le formulaire d'ouverture de compte ne devait certainement que signifier qu'on souhaiterait peut-être un jour futur utiliser les services de banque en ligne. Mais pour vraiment en profiter, on doit en faire la demande en personne. Je reçus les données d'accès à mon compte en ligne quelques semaines plus tard.

Après toutes ces visites au bureau de poste, j'ai fini par avoir l'idée d'y apporter tout le courrier que nous avons chez nous mais qui n'appartient à personne. Des lettres destinées aux précédents locataires qui ont depuis bien longtemps quitté l'immeuble s'amassaient par douzaines dans notre boîte aux lettres. Quand je suis arrivé pour la première fois avec une vingtaine de lettres, l'employé de la poste m'a fait de gros yeux effrayés.

« Qu'est-ce que c'est Monsieur ? »

« Ce sont des lettres pour des gens qui n'habitent plus ici. »

« Vous voulez dire qu'ils sont inconnus à cette adresse ? »

« Oui, si c'est comme ça que vous dites. Ce sont d'anciens locataires. »

« Vous les connaissez alors ? »

« Non, bien sûr que non, ils habitaient là avant moi. »

« Alors ils n'ont pas fait part de leur déménagement à la mairie, Monsieur. Et je ne peux rien faire contre ça. » Évidemment. Qui irait à la mairie signaler son changement d'adresse ? Je fouille dans ma pile de lettres.

« Cet homme, par exemple, est mort il y a cinq ans et ça, c'est une lettre du ministère des finances qui lui réclame sa déclaration d'impôts. Je crains qu'il n'aille plus jamais à la mairie et si vous ne renvoyez pas cette lettre, il continuera à recevoir du courrier bien après la fin de ses jours. »

Alors que je n'étais pas encore sûr d'utiliser des arguments écologiques ou bien économiques, l'employé se montra compréhensif. Il raya toutes les adresses et écrivit par-dessus « inconnu à cette adresse ». Mais je voyais qu'il ne savait pas vraiment ce qu'il devait faire de ces lettres.

« Qu'est-ce que je dois faire la prochaine fois que je reçois ce genre de lettres ? Est-ce que je peux directement les renvoyer ? » L'employé pris un visage déconfit. « Il ne va tout de même pas revenir tous les jours pour ça » pouvais-je lire dans son regard. Il accepta donc que j'utilise les boîtes à lettres publiques pour renvoyer ces courriers à condition de rayer l'adresse inscrite. Les mois suivants, j'ai ainsi pu réduire le flux de courriers inutiles que nous recevions, et l'ancien locataire décédé n'eut plus aucun avertissement du ministère des finances. Je me demande aujourd'hui si mes successeurs sont aussi consciencieux que moi à ce sujet ? Les Belges apprennent apparemment à s'accommoder très facilement avec toutes sortes d'embêtements : à la poubelle et c'est réglé.

Si jamais vous vouliez ouvrir un compte en banque en Belgique, voici les cinq règles d'or à respecter :

1. Il n'y a pas de brochures à emporter, il faut les imprimer.
2. N'ouvrez un compte que dans l'arrondissement, pardon dans la commune où vous habitez ! C'est logique. Et choisissez une banque où vous pouvez vous rendre facilement parce que vous devrez y aller plus souvent que vous ne le souhaitez.
3. Une ouverture de compte réclame la présence des responsables de l'agence, n'en attendez donc pas trop de l'employé à l'accueil.
4. Vous avez le droit de déposer tout de suite de l'argent sur votre compte mais prévoyez un petit délai pour pouvoir l'utiliser ou obtenir simplement le numéro du compte où il a été placé.
5. Soyez patients.

Epilogue :

Quelques mois après avoir quitté la Belgique et avoir fermé mon compte, j'ai reçu à mon adresse allemande (que j'avais donnée en fermant mon compte) une lettre en allemand me priant de renvoyer une photocopie de ma pièce d'identité dans le cadre de la « loi relative à la prévention de l'utilisation du système financier belge aux fins du blanchiment de capitaux et du financement du terrorisme. » En bon Belge que je suis devenu, je ne m'en suis toujours pas occupé à ce jour.

Sur la plage divisée, coquillages et crustacés...

« Allez ! Debout ! Allez-vous-en ! Ici, c'est réservé aux handicapés ! », nous cria-t-on dessus alors que nous venions tout juste de nous allonger au soleil et que nous voulions simplement nous reposer et bronzer un peu. Mais c'est certainement ça qui nous a trahi aussi vite ; les Russes bronzent debout. Ne me demandez pas pourquoi. Il n'y a que les touristes ou les Russes ayant vécu à l'étranger qui tentent de s'allonger à la plage. Les handicapés non plus ne s'étendent pas sur leur serviette, alors même qu'ils ont des difficultés à tenir debout dans le tramway...

Comme toutes les plages des pays de l'ex-URSS, celle où nous nous trouvons est divisée en plusieurs zones. Cette division est faite de la manière la moins pratique au monde. Les limites de chaque zone ne sont effet signalées qu'en russe et non pas par des pictogrammes. Ainsi, le touriste voyageant avec seulement quelques notions de russe n'a en principe pas d'autre possibilité que celle de choisir une zone au hasard et d'espérer ne pas s'en faire chasser. Savoir que plage ce dit « pliage » ne vous aidera pas beaucoup dans cette aventure. La plage est partout. On la voit, propre et bien entretenue, recouverte par des centaines de personnes se tenant debout et divisée en zones de 100 mètres de large grâce à des barrières. La zone où nous nous étions installés était donc la zone réservée aux handicapés.

Nous retentons notre chance un peu plus loin. Ça a d'abord l'air de marcher, mais un surveillant vient vite nous faire comprendre que seules les familles avec plus de trois enfants peuvent s'installer ici. Ah !

Nous essayons encore plus loin. Là, il n'y a personne. Ah, non, ce n'est pas pour les touristes allemands mais pour les soldats émérites de l'armée rouge.

Et là ? Seulement pour les femmes.

Ici ? Pour les naturistes.

Pour les familles avec moins de trois enfants.

Pour les enfants sans famille.

Pour les membres du parti, pour les élus locaux et les oligarques, pour les retraités, pour les pauvres, pour les étudiants, pour les Russes, les Ouzbeks, les Géorgiens et les Mongoles, pour les grands et les petits, pour chaque classe d'âge et chaque couche sociale.

Frustrés de s'être fait chasser de partout, nous allons au bar de la plage qui se trouve en dehors des zones délimitées et nous nous asseyons dans des chaises longues. Elles sont confortables, la bière est fraîche et tombe à pic en guise de lot de consolation. Personne ne vient nous chasser du bar qui semble être en fait le seul endroit où les touristes lambda ont le droit de s'installer. C'est aussi le seul endroit où l'on peut manger et aller aux toilettes.

Je n'ai jamais compris le plaisir qu'on pouvait éprouver en allant à la plage pour s'installer dans une zone bien délimitée et protégée du monde extérieur, sans chaise longue ni bière. Tout comme je n'ai jamais saisi l'intérêt de rester debout en plein soleil.

Toutes remarques pertinentes à propos de la Russie et de ses plages seront reçues avec plaisir.

No luggage today

« Nous ne volerons jamais comme ça ! »

Le pilote qui se trouve au fond de la cabine tient des discours pour le moins positifs et encourageants à propos de l'état de chargement de notre avion.

Savez-vous ce qu'est un ATR42 ? Non ? C'est un avion régional à turbo-propulsion avec un bilan d'accidents tout à fait respectable. Au cours de ces 25 dernières années, plus de 20 accidents ont eu lieu. Le dernier s'est passé moins de six mois avant notre vol, et comme si ce n'était pas déjà assez rassurant comme ça, c'était avec la même compagnie sibérienne qu'aujourd'hui. Le numéro « 42 » dans ATR42 correspond au nombre de passagers prévus par le constructeur de l'avion. Ici, ce nombre a été poussé jusqu'à 50. Toutes les places ont été vendues et le poids moyen de chaque passager est nettement supérieur à 75 kilos.

Nous sommes à l'aéroport de Kharkiv en Ukraine. A l'enregistrement, nous avons été accueillis dans un anglais parfait par l'hôtesse au sol : « *Welcome! Your luggage won't fly today!* » Elle parlait certes très bien anglais mais elle n'avait pas été formée à la gestion de passagers non-coopératifs. Elle était en fait chargée de n'accepter aucun bagage et de faire comprendre aux passagers que leurs affaires devaient rester à Kharkiv et voler plus tard avec un autre avion. Aucun bagage ne peut être chargé dans l'avion aujourd'hui en raison d'un problème technique, nous a-t-elle dit. Selon nos suppositions cela pouvait avoir deux significations : soit la soute a été complètement réservée par quelqu'un, soit on a trouvé personne capable de calculer la répartition du poids dans l'avion. Dans ces deux cas, il aurait été naturellement logique de vraiment renoncer à charger les bagages. Mais, après quelques minutes de discussion, l'hôtesse cède et autorise TOUS les passagers à prendre TOUS leurs bagages à bord de l'avion. Ma valise de 22 kilos obtient ainsi une étiquette « bagage à main », tout comme celles des autres passagers qui n'ont pas moins d'affaires avec eux. Le contrôle de sécurité est quant à lui tout bonnement supprimé. Une simple annonce par haut-parleurs nous prie, juste avant l'embarquement, de n'emporter aucune arme à feu à bord aujourd'hui.

C'est ainsi que nous nous retrouvons dans l'avion où je n'arrive même pas à me tenir debout puisque les cinquante et lourdes valises des passagers y sont éparpillées un peu partout. Certaines ont été mises dans la cuisine de bord (à l'arrière de l'avion), d'autres sont en plein milieu du couloir et d'autres encore ont été, sinon rangées, entassées dans les compartiments de bagages à main qui ne peuvent plus fermer.

Nous regardons à travers les hublots comment notre pilote à l'extérieur de l'avion tente de faire entendre son point de vue. Il téléphone, crie, re-téléphone et revient finalement dans l'avion pour nous dire qu'en aucun cas il ne décollera avec un avion aussi surchargé.

Les passagers russes prennent cette annonce comme une invitation à s'amuser encore plus. L'atmosphère à bord ressemble à celle d'un village de vacances aux Canaries. La température aussi d'ailleurs.

La seule hôtesse de l'air du vol s'amuse par contre beaucoup moins. Le capitaine lui explique, en long en large et en travers, le danger de la situation, tandis qu'elle s'efforce maintenant de retenir ses larmes.

Il ne se passe rien pendant un long moment puis les responsables commencent à se crier légèrement dessus avant de chercher une solution. Selon un principe de physique bien connu, les bagages n'ont pas le même poids partout. Je vous l'assure, croyez-moi donc. C'est vrai à 100%. Nous, c'est à dire deux passagers allemands, nous retrouvons ainsi à porter sous les ordres du capitaine les 50 bagages de l'arrière vers l'avant de l'avion. Les Russes continuent à s'amuser et plaisantent gentiment sur ces Allemands qui n'arrêtent jamais de travailler.

Les valises à l'avant, l'avion est certainement plus léger. Ça ne fait aucun doute.

Le capitaine se montre déjà un peu plus satisfait et détendu. Mais nous trouvons encore une autre grandiose possibilité pour réduire le poids de l'avion : les boissons de la cuisine de bord. L'hôtesse de l'air distribue maintenant de l'eau à tous les passagers, qui, assis depuis plus d'une heure dans l'avion transformé en sauna, boivent très volontiers. Bouteilles vides, poids disparu. Brillant, non ?

Après quelques tentatives, l'avion démarre et plusieurs passagers applaudissent, au décollage.

Pruneaux de Paris

« Monsieur Spietweh viendra me chercher. » Cette phrase remonte à l'époque où je travaillais pour la filiale berlinoise d'une entreprise française. Le bureau de notre chef, Madame Pruneau, se trouvait à Paris. Même si elle n'en mourrait pas d'envie, Madame Pruneau devait se rendre de temps en temps à Berlin. Elle préférait passer lorsqu'elle devait se rendre à Varsovie ou dans d'autres villes encore plus à l'est. Étant donné que mon supérieur direct était retenu en dehors de Berlin, Madame Pruneau décida sans plus attendre que je pouvais aller la chercher à l'aéroport, ce qu'elle nous communiqua par mail. Madame Pruneau parlait en fait un peu allemand et aurait certainement réussi à montrer une feuille avec le nom de son hôtel à un chauffeur de taxi. Mais ma mission était claire : la retrouver à l'aéroport et l'accompagner en taxi à son hôtel !

Le jour J, je consultai l'état des vols sur internet : l'avion de ma patronne avait décollé avec une demi-heure de retard. Une fois en vol, Madame Pruneau avait certainement dû forcer le pilote à aller plus vite. En tout cas, j'étais encore chez moi quand son avion atterrit avant l'heure prévue. J'habitais à seulement dix minutes de l'aéroport et à Berlin-Tegel il faut toujours attendre environ trente minutes pour récupérer sa valise même quand l'avion a atterri presque à côté du terminal. J'ai alors couru jusqu'à l'aéroport et j'ai eu de la chance car elle n'était pas encore sortie. C'est dans des moments comme ça qu'on voit qu'on peut encore compter sur la rapidité de travail du personnel aéroportuaire !

J'avais déjà préparé chez moi une petite pancarte (A4) sur laquelle j'avais écrit son nom – car nous ne nous étions encore jamais rencontrés. Dans l'ennui le plus total, j'ai donc attendu devant le hall d'arrivée du vol venant de Paris. Ce qui ne fut d'ailleurs d'aucune utilité car j'entendis soudainement une voix à côté de moi :

« Monsieur Spietweh ? »

« Oui ! »

« Clémentine Pruneau ! »

Je ne sais pas comment, mais elle avait réussi à sortir avec les passagers venant d'Ibiza. Enfin, ça ne m'étonnerait pas qu'elle ait obligé les douaniers et les policiers à la laisser sortir par là ou qu'ils aient juste voulu se débarrasser d'elle le plus vite possible.

Après avoir établi que leur hôtel se trouvait dans le centre de Berlin (exactement là où, très étonnamment, il a toujours été et où il était encore quand on a réservé), la personne qui l'accompagnait, un de mes collègues de Paris que je ne connaissais pas du tout, s'est précipité à l'extérieur de l'aéroport par la porte la plus proche et s'est mis à chercher un taxi au beau milieu de la route. Ce n'était pas vraiment la manière la plus sûre et encore moins la plus rapide d'y arriver. Mais est-ce le genre de chose qu'on peut dire à un collègue, nettement plus âgé et plus expérimenté ? Aucun taxi ne s'arrêta avant que nous n'attendions à la station de taxis. En France, ça ne se serait peut-être pas passé comme ça, mais nous étions à Berlin. Sur le coup, j'avais trouvé que c'était un très bon accueil : « Bienvenue à Berlin, ville où les taxis ne s'arrêtent que là où ils ont le droit de stationner et se moquent bien d'avoir renversé leurs passagers. »

Je vous rappelle que ma mission était de faciliter l'arrivée de mes collègues ne parlant pas l'allemand en indiquant à leur taxi l'hôtel où il devait les déposer. Mais comme rien ne se passe jamais comme prévu, le chauffeur de taxi ne parlait pas allemand : échec de la mission ! D'où venait-il alors ? D'Afrique subsaharienne. Sa langue maternelle ? Le français. Dire que j'étais là comme interprète, c'était le comble de l'absurde.

Arrivés à l'hôtel, ils obtinrent leurs clés en parlant anglais. Sans mon aide. Après avoir déposé leurs bagages, nous avons constaté qu'il nous restait encore du temps pour manger avant leur premier rendez-vous. Ainsi a-t-il été décidé de profiter du buffet de l'hôtel. Il se peut que j'aie eu l'air effrayé à cette idée, puisque Madame Pruneau s'empressa d'ajouter que j'étais naturellement « *invité* ». « *Vous êtes encore jeune, il faut bien que vous mangiez quelque chose.* » Haha. Ce n'est pas comme si j'avais l'air mort de faim mais je compris que je devais faire semblant. Pour servir d'alibi à son appétit. La contredire n'aurait servi à rien !

Elle ne voulait bien sûr manger qu'un petit peu. Et en se servant pour la première fois, son « un petit peu » correspondit en fait à tous les hors d'œuvre du buffet, y compris les oignons confits qu'elle avala tels quels. Pendant ce temps, je m'essayais au « canard à l'orange sur noix de saint Jacques ». Après son deuxième passage au buffet, ma chef marmonna quelque chose comme « *seulement petit et léger* » et avala un strudel aux pommes à la crème anglaise étouffé sous une bonne couche de crème chantilly. A sa place je n'aurais jamais pu travailler après un tel repas. Mais peut-être que c'était sa tactique pour échapper à l'ennuyeuse réunion qui l'attendait. A plus de 80 ans, on l'excusera bien sûr si elle s'assoupit un peu pendant une réunion, nan ?

Malheureusement je n'avais pas le droit d'assister à cette réunion et c'est ainsi que se termina ma palpitante journée de travail. J'ai tout de même indiqué, en allemand, à un dernier taxi où il devait les déposer. « Merci beaucoup, Monsieur Spietweh, merci pour votre aide ! »

Je n'arrivais pas à voir où j'avais bien pu les aider – à part pour finir le buffet. Mais après tout, ma chef était satisfaite. Plus tard, elle a même envoyé un fax à mon supérieur pour lui dire que j'avais très bien rempli ma mission.

Mon A.mie

A. et moi nous connaissons depuis l'école primaire. A. est mon amie. Notez qu' « amie » correspond ici au féminin d' « ami », c'est-à-dire quelqu'un avec qui on ne partage pas ses draps, mais avec qui on aime quand même passer du temps.

A. a atterri par hasard, complètement par hasard même, à Aix-la-Chapelle trois ans après que j'y ai emménagé, et sans que j'ai quelque chose à voir avec ça. A. est devenue professeure des écoles. Alors qu'elle avait l'habitude de préparer ses cours très méticuleusement, elle n'organisa pas aussi bien son emménagement. Bien après son arrivée à Aix-la-Chapelle, elle se rendit compte qu'elle n'avait ni téléphone ni internet chez elle.

Par un bel après-midi, nous nous retrouvons donc chez moi et regardons sur mon ordinateur (car, oui, j'ai internet) les pages de tous les opérateurs connus, qu'ils soient régionaux ou nationaux. Nous nous rendons ensuite aux magasins de chacun de ces opérateurs pour finalement retourner sur mon ordinateur car en contractant une offre en ligne, on bénéficie d'une réduction. Après avoir longuement réfléchi, nous nous décidons pour Vodafone.

Pour remplir le contrat nous devons surmonter quelques obstacles : réseau analogique ou Numéris ? « Je n'ai encore jamais utilisé le Numéris ! » 2000 ou 6000 ? « Je dois pouvoir regarder des films ! » Commander un routeur wifi en même temps ? « Mais j'ai déjà tout ce qu'il faut ! »

Quelques jours plus tard, A. a reçu une lettre de son fournisseur d'accès internet qu'elle me lit au téléphone. Son rendez-vous est fixé le 23 septembre entre 8h00 et 16h00. Il est noté dans son agenda. Seulement elle ne peut pas se libérer avant midi, étant retenue à l'école toute la matinée. Ayant des horaires plus flexibles elle me demande si je peux la dépanner. J'accepte... bien entendu. En principe, je peux tout aussi bien travailler depuis chez elle.

Quelques jours plus tard, A. décide qu'elle ne peut vraiment pas vivre sans internet. Son rendez-vous étant dans six semaines, elle utilise alors un accès USB et WCDMA en passant d'abord par l'opérateur E-plus puis Vodafone (pour les non-geeks : il s'agit d'une clé USB branchée à l'ordinateur et utilisant un réseau mobile). Une semaine avant le branchement de sa ligne internet A. reçoit une facture exorbitante de Vodafone. D'une manière ou d'une autre, elle avait réussi à utiliser un service qui n'était pas inclus dans son forfait.

Le 22 septembre j'appelle mon amie. Notez qu' « amie » correspond ici à ma petite-amie qui, elle, n'habite pas à Aix-la-Chapelle, ce qui est d'ailleurs compliqué pour l'histoire des draps, mais ça c'est un autre sujet. En tout cas, elle vient de déménager et s'extasie sur la vitesse du technicien de Telekom, son opérateur téléphonique, qui est passé chez elle aujourd'hui, allusion qui soudainement me rappelle que le technicien de Vodafone passe demain chez A.

« Est-ce que je peux te rappeler dans cinq minutes ? Je viens de me souvenir de quelque chose. »

Il est 23h00 et A. ne m'a encore donné aucune nouvelle jusque-là. J'essaye de la joindre par téléphone, puis par SMS, sans succès. 15 minutes plus tard, elle me rappelle, et me dit qu'elle est à un anniversaire, que je dois être chez elle à 8h15 et qu'elle pourra venir me remplacer vers midi.

Le jour suivant j'arrive vers 8h20 chez A. qui est déjà devant la porte de l'immeuble et essaye d'accrocher une énorme plaque de cuisson sur son vélo avant de se décider à finalement aller à l'école à pied.

« Salut. Est-ce que tu as laissé ton appartement ouvert ? »

« Non, il faut que je t'ouvre ? »

Ça serait effectivement très utile.

« Et où se trouve le répartiteur téléphonique dans la cave ? »

« ? »

« Est-ce que tu as reçu tes données d'accès pour que je puisse déjà préparer ton box ? »

« Oui, c'est quelque part dans ce classeur, peut-être, je ne sais plus, ou bien ailleurs. Désolée, il faut que j'y aille ! »

Je commence à me familiariser avec les appareils de A. Je trouve un vieux répartiteur central, un téléphone, une box d'un fournisseur différent, un routeur Wi-Fi des tas de câbles et une boîte de Vodafone avec le nouveau box. Au premier coup d'œil, tout semble être là, il y en a, peut-être même, un peu trop. Je range les câbles et les boxes et j'examine la boîte de jonction. Puis je me mets à la recherche d'une prise électrique. Je recule le canapé du mur et en trouve justement une de libre tout près de la boîte de jonction. Pour le téléphone, le box et la Wi-Fi on en a malgré tout besoin de trois. Je continue donc à chercher d'autres prises et me mets ensuite en quête d'une multiprise. Sans succès. Bien, je vais quand même tout préparer pour qu'il ne lui reste plus qu'à tout brancher après – après avoir acheté une multiprise.

Une fois tous les câbles triés, tout reste encore embrouillé dans ma tête : le téléphone a une prise de sortie S0 qui n'est pas compatible avec la prise de raccordement du box. En français : le téléphone Numéris ne veut pas être ami avec un branchement analogique ! Numé…quoi ? Il manque aussi un câble électrique au routeur. Je ne peux donc rien faire de plus pour le Wi-Fi. Mais le box, au moins, a l'air chic !

M'étant préparé à travailler dans des murs étrangers, j'avais apporté mon ordinateur portable. En l'allumant, je vois le message « réseau sans fil disponible ». C'est bien, bon ordinateur, bien flairé, bien flairé ! Je clique donc dessus et vois que le réseau « Sandy01 » n'est pas sécurisé. Je me connecte dessus et commence directement à surfer. En fait, A. n'aurait eu besoin d'aucun branchement internet, ou elle aurait au moins pu se passer de l'histoire de la clé WDCMA super chère car ses voisins imprudents payent le Wi-Fi pour tout l'immeuble. Après quelques clics sur Google, je constate que brancher le téléphone Numéris au box analogique reviendrait plus cher que d'acheter un nouveau téléphone.

Résumons brièvement la situation : A. doit s'acheter un nouveau téléphone, le Wi-Fi est gracieusement fourni par les voisins mais je peux quand-même essayer de brancher la box de Vodafone pour aller sur internet. Je commence donc par chercher les données d'accès, à tout hasard, dans le classeur que A. m'a indiqué plus tôt. Sur le classeur est écrit et même surligné : « Votre rendez-vous de branchement aura lieu le : 24 septembre ». Je regarde ma montre, regarde mon ordinateur, ouvre Outlook, et n'en crois pas mes yeux : aujourd'hui nous sommes et restons le 23 septembre !

J'écris sur une to-do-liste tout ce qu'il reste à faire à A. : « trouver le répartiteur téléphonique à la cave, acheter une multiprise, se procurer un nouveau téléphone, se trouver son propre câble pour le routeur, utiliser le Wi-Fi du voisin, laisser le canapé tel quel et trouver quelqu'un d'autre pour surveiller le technicien demain. » Quelle A.mie !

Epilogue : Le jour suivant, son voisin ouvrira au technicien. Un nouveau téléphone sera rapidement acheté, et le Wi-Fi marchera – mais jamais elle ne trouvera le temps de remplacer le câble du routeur (et j'y tenais à ce câble que je lui avais acheté). Même après plus de deux ans dans cet appartement.

Une carte... mensuelle, s'il vous plaît.

Les transports publics bruxellois sont en fait vraiment bon marché. Un ticket simple coûte 1,40€ et permet d'utiliser bus et tramways pendant une heure. Une carte de 10 trajets coûte à peu près 10€. Mais on ne peut l'acheter qu'aux guichets des grandes gares – ainsi qu'aux distributeurs automatiques de billets qui sont mis en service progressivement (pour le moment dans les grandes gares). Tranquillement, le progrès se met en marche à Bruxelles.

Notez tout de même qu'on n'obtient jamais de carte 10 trajets au moment où on pourrait précisément en avoir besoin. On en fait donc des provisions dès qu'on voit un guichet et qu'on n'a rien de mieux de prévu que de faire la queue pendant une demi-heure.

Une carte annuelle est bien plus pratique au final – le tarif étudiant s'élève à 200€ pour le premier enfant de la famille.

200€, pour toute l'année. C'est la solution la moins chère mais on ne peut se la procurer que dans cinq gares très exactement. Ce n'est donc pas par hasard si je me suis retrouvé, par un bel après-midi, dans le sous-sol de l'une d'elles.

Guichet de vente numéro 1 ! Il s'agit en fait d'un container qui, comme beaucoup d'autres dans les gares bruxelloises, a été installé à titre « provisoire ». Sa fenêtre fut transformée en guichet et le voilà transformé en espace de vente (à n'en pas douter, il finira un jour en baraque à frites). Comme à tous les guichets en Belgique, la queue est très longue mais personne ne s'alarme. Carte d'identité, photo d'identité, intitulé de la demande ici, signature là, carte d'étudiant ET certificat de scolarité de l'université relatif aux transports en commun. Chez moi, à l'Université technologique de Berlin, en Allemagne donc, on obtient chaque semestre une douzaine de certificats de scolarité, tous identiques. Peu importe donc lequel on donne à qui et si on ne les utilise jamais. Ici, en Belgique, on reçoit aussi plusieurs certificats, également tous identiques, à la nuance près qu'il est déjà écrit dessus dans quel but on doit s'en servir. Transports en commun, caisse d'assurance maladie, allocations familiales, etc... Et malheur à celui qui n'utilise pas le bon. Ça me fait d'ailleurs penser que je n'ai encore dit à personne à l'administration de l'université que c'est totalement illogique de délivrer plusieurs certificats qui sont traits pour traits les mêmes mais qui ont chacun une utilisation spécifique... L'employé au guichet interrompt malheureusement mes réflexions concernant l'amélioration de l'administration de mon université bruxelloise.

« Votre certificat de résidence, s'il vous plaît ! »

Merde, je l'ai oublié. J'ai attendu au moins une demi-heure pour en arriver là. Je prends quelques instants pour réfléchir : l'heure est grave. Je regarde droit dans les yeux le jeune employé au guichet, sûrement ici en intérim et de cinq ans mon cadet, et lui lance un regard noir contenant toute la rage que j'ai emmagasinée au cours de mes innombrables rendez-vous avec l'administration belge.

« Exceptionnellement, Monsieur, ça ira très bien sans. Mais pensez-y la prochaine fois, s'il vous plaît. »

Vous vous dites que ce garçon est gentil ? En vérité : le conteneur accessoirement n'avait pas de vitre blindée.

Je reçois une carte à mon nom, une lettre et un formulaire de virement pré-imprimé.

« Vous devez maintenant aller voir mon collègue du guichet numéro 2, Monsieur. »

« Hein ? »

« Par-là, à cent mètres. »

« Vous voulez dire la queue là-bas derrière ? »

« Non, non, je vous parle bien du guichet. Mais ces gens y font bien la queue. »

La queue n'est même pas à 100 mètres de moi, mais il m'en faudra bien plus pour atteindre le guichet. Devrais-je faire cette remarque tout haut ? Non, je crois que c'est mieux de la garder pour moi.

Un intérimaire en gilet jaune fluo m'accueille à peine arrivé dans la queue. « Où est-ce que vous voulez aller Monsieur ? »

« Ici ! »

« Pourquoi ? »

« Je dois aller au guichet 2 ! »

Le fait que je connaisse le numéro du guichet impose le respect au jeune homme, mais il n'en démord pas.

« Qu'est-ce que vous voulez faire au guichet 2 ? »

« Je voudrais acheter une carte mensuelle. »

« Alors vous n'êtes pas au bon endroit. Les cartes mensuelles s'achètent au guichet 4, à l'étage supérieur. »

« Mais le jeune au guichet là-bas m'a dit que… »

« Vous venez du guichet numéro 1 ? »

« Oui, c'est ça ! »

« Vous ne pouvez pas faire de demande pour une carte mensuelle au guichet 1, Monsieur ! »

« Qu'est-ce que je viens d'y faire alors ? »

Je suis fermement décidé à ne pas lâcher le morceau.

« Je l'ignore malheureusement, Monsieur. Montrez-moi les documents qu'on vous a donnés, s'il vous plaît ! »

Je lui donne la lettre et tout mon bazar avec.

« Mais ce ne sont pas les documents pour une demande de carte mensuelle, Monsieur ! »

Je vois défiler dans ma tête tous les bons de commande que j'ai remplis en faisant la queue là-bas : abonnement à un journal, achat d'une machine à café et de tout un tas d'autres objets.

« C'est pour une carte annuelle ! »

Ouf, j'ai eu de la chance.

« Oui, bien sûr que c'est pour une carte annuelle, pour quoi d'autre sinon, un abonnement à un journal ? »

« Mais… Vous disiez que… »

« Où est-ce que je dois faire la queue alors ? »

« Pour une carte annuelle, vous êtes au bon endroit, Monsieur ! »

Environ trois à cinq personnes se sont entre temps ajoutées à la queue. Elles ont clairement été beaucoup moins assaillies de questions que moi. Mais bon, je vais attendre encore longtemps et je suis sûr et certain que je fais la queue au bon endroit.

Tandis que la queue, ou pour être plus précis, tandis que je me rapproche du guichet, je remarque d'autres intérimaires en gilets. Pour le coup, leurs gilets sont un peu plus discrets et pas aussi voyants que les autres. Ces intérimaires ont l'air, aussi, un peu plus âgés. Ce sont des agents de sécurité. Seulement la moitié des guichets est en fait utilisée et au lieu de tous les ouvrir, un service d'ordre a été embauché pour s'assurer qu'il n'y ait ni bousculade ni crise de colère. Ceci, très cher lecteur, c'est la logique belge dans toute sa beauté ! En plus de ça, des hôtesses intérimaires pouvant répondre à nos questions ont été postées tout au long de la queue à quelques mètres d'intervalle les unes des autres. Pour ma part, je n'ai aucune question. Ou bien seulement des questions que je n'ose pas leur poser (comme : « Qu'est-ce que vous faites plantées là à glander au lieu de me vendre ce satané titre de transport ? »).

Le guichet numéro 2 est très impressionnant et possède lui, une vitre pare-balles. En gros, il est bien plus chic que le guichetcontainer numéro 1. Travailler au guichet numéro 2, c'est avoir réussi sa carrière.

« Bonjour Monsieur. Je vous en prie, avancez-vous, nous avons beaucoup à faire ! » Je me demande bien pourquoi... Je lui donne tous mes papiers : la lettre, le formulaire de virement pré-imprimé, le certificat de scolarité. Et il les jette tous à la poubelle en les déchirant sans les regarder. Je n'en crois pas mes yeux. J'essaye de lui dire quelque chose mais aucun son ne sort de ma bouche. Il doit bien savoir ce qu'il fait.

« 200€, votre carte d'identité et votre certificat de scolarité, s'il vous plaît, Monsieur. »

Je suis certes sous le choc, mais montre quand même ma carte d'étudiant.

« Non, non, j'aimerais voir votre certificat de scolarité pour les transports. »

« Vous venez de le jeter à la poubelle ! »

« Non. »

« Si. »

« Non ! »

« Si ! »

« Non ! »

« Vous voulez parier ? Regardez donc simplement dans ce truc rond derrière vous. S'il est là, j'ai gagné. Si non, je m'en vais. »

Ce marché semble lui convenir.

Mais, c'est évidemment de ma faute.

« Pourquoi vous me l'avez donné ? »

« Pardon ? »

« Pourquoi m'avez-vous laissé le déchirer ? »

Je n'ai pas de réponse à lui donner et assiste, incrédule, à un spectacle que je n'avais encore jamais vu auparavant : un employé du service public qui fait un puzzle. Incroyable. Ça lui prend quelques minutes, la queue devient de plus en plus longue, mais qu'est-ce que ça peut bien me faire.

« A partir de quand voulez-vous que votre carte soit valable, Monsieur ? »

« Aujourd'hui ? »

« Ce n'est pas possible ! »

« Qu'est-ce qui est possible alors ? »

« Euh... hier ou lundi prochain ! »

« Hier alors, s'il vous plaît. »

« Ce n'est pas possible. »

« Pourquoi ? »

« Car vous perdez un jour. »

Je n'ose pas lui signaler le nombre de journées que j'ai déjà perdues dans des démarches administratives et discussions inutiles. En perdre une de plus en discutant avec lui ne me fait pas peur !

« Mais, ça ne me dérange pas, vous savez. »

« Ah ah ! C'est donc ça. Avez-vous vraiment besoin de cette carte de transport ? »

« Et vous, vous avez vraiment envie d'en vendre, des cartes de transport ? »

« Hum ! Un instant ! »

Il tapote sur son ordinateur puis imprime quelque chose.

« Qu'est-ce que c'est ? »

« Signez ici, s'il vous plaît. Vous confirmez ainsi avoir pris connaissance du fait que la validité de votre titre de transport a commencé antérieurement à son achat ! »

Signature, etc., etc... Et finalement : je l'ai !

Au fait, je n'ai jamais, au grand jamais, été contrôlé.

La bête et la blette

« Tu peux acheter des blettes en rentrant ? »

Un homme n'aime pas vraiment refuser quelque chose à sa femme, surtout quand elle l'appelle exprès pour ça et le demande si gentiment.

En fait, on sait tous que ce n'était même pas une vraie question. Des blettes donc.

« Pas de problème. »

En y repensant, des blettes, qu'est-ce que c'est au fait ?

« Allô, c'est encore moi. Des blettes, c'est ça ? »

« Oui, des blettes. Tu ne viens pas juste de le noter ? »

« Si, si. Mais qu'est-ce que c'est ? »

Même au téléphone, je vois qu'elle roule les yeux et se dit « Les hommes ! ».

« C'est un légume. Vert ! C'est ce qu'on mange ce soir ! »

« Un légume vert – ok, je vais bien trouver ça. A tout de suite ! »

Je me suis réjoui trop vite. Au rayon fruits et légumes, j'essaye de trouver un endroit où je puisse avoir au moins un peu de réseau. Je ne comprends d'ailleurs toujours pas pourquoi aucun opérateur téléphonique n'a encore jamais eu l'idée de placer des antennes exprès dans les supermarchés parce qu'au final il s'y trouve un bon nombre d'hommes en détresse essayant de glaner quelques informations exploitables sur la liste de courses que leur femme leur a dressée.

« Oui, coucou, c'est encore moi. Le légume en question est donc vert. Mais tu n'aurais pas un autre indice par hasard ? »

« Mon Dieu, il faut vraiment s'occuper de tout. Bon, j'en ai encore un... feuilles ! »

« Feuilles ? »

« Des feuilles, oui. Les blettes sont des feuilles ! »

« Tu veux dire une salade ? »

« Ce N'EST PAS une salade. Ce sont des blettes. Un légume qui ne pousse qu'en feuilles ! »

« Ah ah ! C'est donc du côté des salades, non ? »

« Ce n'est pas une S-A-L-A-D-E ! »

« Ok, ok, mais si ça ressemble à une salade… »

« Ça ne ressemble pas à une salade. C'est foncé. »

« Je croyais que c'était vert. »

« Oui, mon Dieu, vert foncé. La salade, c'est vert clair ! »

« Ok, je cherche donc une salade vert foncé ? »

« Nooooon ! Tu cherches des épinards ! »

« Des blettes ! Je cherche des blettes ! »

« Oui. Mais ça ressemble à des épinards ! »

« Ah, fallait le dire tout de suite. C'est au rayon surgelé ? Je ne suis pas du tout au bon endroit alors, au milieu des ananas et des salades ! »

« Non, pas aux surgelés. J'en veux des fraîches ! »

« Surgelé, c'est plutôt frais, non ? »

« Tss, je n'en veux pas des surgelées, mais des fraîchement cueillies, en branches entières. »

« Pas surgelées ? »

« Non ! »

« Et à quoi ressemblent les épinards quand ils ne sont pas surgelés ? »

« A des blettes ! Tu ne sais vraiment pas à quoi ressemblent les épinards ? »

« Si, bien sûr, ils sont verts et surgelés ! »

« Mais non ! Ce sont des grandes feuilles vertes. »

« Ah ! Et on les achète au rayon frais aussi ? »

« Seulement quand on les mange en salade ! »

« Les épinards ? »

« Oui, en salade. »

« Alors, je cherche bien une salade ? »

« Non, on ne fait pas de salade d'épinards ! Quand on veut cuisiner des épinards, on en prend plutôt des surgelés. »

« Nan, mais DIS le enfin que tu veux des surgelés ! Attends, je cherche du réseau. Tu es toujours là ? »

« On ne veut pas des épinards. On veut des blettes ! »

« Et ça ressemble à des épinards qui ressemblent à de la salade mais en fait ce n'est pas une salade. »

« Exactement. T'as trouvé ? »

« Nan. Attends, je vois une employée. Je lui demande… Excusez-moi ? Est-ce que vous avez des blettes ? »

« Des quoi ? »

« Des blettes ? Ma femme veut des blettes ! »

« Non, pas moi. Nous. Nous voulons des blettes ! »

« Oui, oui, chérie, pas maintenant.

Je disais – vous avez des blettes ? »

« Je dois demander à ma supérieure, je ne suis encore qu'apprentie. A quoi ça ressemble ? »

« A une salade, mais ce n'en est pas une. »

« Très bien, je reviens tout de suite ! »

« Allô ? Tu m'entends ? Est-ce que leur rhubarbe est belle ? »

« Monsieur ? Nous n'avons malheureusement pas de blettes aujourd'hui. Désolée. »

« Tu as entendu chérie ? »

« Non. »

« Ils n'en n'ont pas ! »

« De la rhubarbe ? »

« Non, des blettes. »

« Oh, merde. Tu peux aller voir autre part ? »

Après avoir fait, ce soir-là, tous les supermarchés de la ville, et après avoir posé des centaines de questions, j'ai finalement trouvé des blettes dont ma femme dit que ce sont des épinards alors que j'ai clairement acheté des blettes.

A tous les hommes : si vous deviez jamais acheter des blettes : frais, ça ressemble exactement à des épinards, cuit, ça ressemble exactement à des épinards et en bouche, ça ressemble exactement à des épinards. C'est plein de vitamines, comme les épinards et votre femme, elle non plus, ne peut pas faire la différence entre les deux. La seule chose qui les différencie, c'est leur bilan écologique : les épinards polluent moins – en effet, on n'a pas besoin de faire plusieurs supermarchés en voiture pour les trouver.

Petit déjeuner chez Monsieur le Maire

« Nous te réveillerons à 7h30, tu enfileras ton costume, et mettras une cravate mais rappelle-toi surtout qu'on ne préparera rien à manger, tu es invité par Monsieur le Maire pour le petit-déjeuner ! »

Invité pour le petit-déjeuner ! Ça faisait très sérieux et c'est vrai que cette invitation n'avait rien d'une plaisanterie. Au final, c'était une visite des plus officielles auprès du tout nouveau maire qui voulait ainsi nous donner sa bénédiction. Il voulait aussi certainement nous montrer avant tout, et prouver à ses administrés, que le premier maire non-communiste en poste depuis 50 ans était tout aussi capable d'organiser des petits déjeuners dignes de ce nom. J'étais donc curieux et impatient à l'idée de cette invitation. La veille au soir, j'avais préparé mon estomac en conséquence et révisé, encore une fois, les formules de politesse les plus importantes.

« J'ai entendu que vous étiez invité demain matin ? Il n'avait encore jamais fait ça, pas mal... »

Partout où nous allions, on nous félicitait d'être invités, comme si nous y étions pour quelque chose.

Joie et inquiétude augmentaient quasiment de minute en minute. Qu'est-ce qu'il y aura au petit déjeuner chez le maire ? Est-ce qu'il va porter son écharpe bleu-blanc-rouge, comme aiment le faire les maires français ? Est-ce qu'il va discuter avec moi ? Est-ce qu'il y aura du saumon et du caviar ? Des crêpes maison ? Ou bien tout ça à la fois ? Et des gaufres chaudes peut-être ? Il y a aura certainement des baguettes et de la brioche. Et j'espère qu'on n'aura pas de confiture de coing ou d'huîtres.

Je fus réveillé pile à l'heure et, malgré une description très détaillée du trajet (ce n'est pas comme si je ne connaissais pas la ville et que je n'avais pas fait ce trajet déjà des centaines de fois ; 300 mètres environ toujours tout droit jusqu'à la mairie qu'on ne peut pas rater), je fus finalement quand même conduit à la mairie. Ça prit sûrement bien plus de temps que si j'y avais été à pied mais mes hôtes étaient trop curieux pour risquer de manquer le petit-déjeuner.

On nous pria de nous rendre dans la salle du conseil municipal où se trouvait le buffet dans toute sa splendeur et sa magnificence. Des bouteilles d'eau plate et d'eau gazeuse, deux jus de fruits différents, du café dans une verseuse isotherme et quelques gobelets en plastique devaient pouvoir assouvir notre soif. Pour ce qui est de notre faim, il y avait un panier rempli de mini-croissants. Après tout le bruit fait à propos de ce petit-déjeuner, j'avoue que je m'étais attendu à plus. Le maire, arrivé en jeans-baskets et pull-over gris, nous a rapidement serré la main, prononça en toute courtoisie quelques mots sur le renforcement de l'amitié franco-allemande et disparu aussi vite qu'il était arrivé, abandonnant tout un groupe d'Allemands incrédules et un peu perdus devant le pantagruélique buffet.

Ça y est ? C'était fini ? C'était donc ça notre petit-déjeuner ? Ou bien il allait encore se passer quelque chose ? Quelqu'un allait-il venir nous chercher pour nous amener là où avait lieu le vrai petit-déjeuner ?

Non, c'était bel et bien ça.

Des années plus tard, nous avons à nouveau été invités par le maire, mais pour dîner cette fois. Me souvenant du petit-déjeuner, je ne m'attendais pas à grand-chose du dîner et, avant d'y aller, je m'étais donc acheté des falafels juste en face de la mairie. Je ne m'étais pas non plus super bien habillé. Et il me sembla avoir pris la bonne décision. Nous nous sommes en effet retrouvés dans une ambiance détendue dans le hall de la mairie autour de quelques chips et d'un verre de porto. Alors que les chips et le vin m'avaient rassasié, le maire apparu en costume et avec son écharpe tricolore et nous pria d'aller nous asseoir dans une autre salle. Installés sur nos chaises pour les prochaines heures, nous devions venir à bout d'un menu interminable incluant entrée, plat, salade, fromage et dessert.

Au nom de l'amitié entre les peuples, je pris la décision ce soir-là de toujours demander ce à quoi je devais m'attendre pour chaque invitation. En attendant, ces deux repas à la mairie m'ont appris que les Français mangeaient énormément – seulement pas au petit-déjeuner.

Vérités allemandes

C'est une drôle de comédie qui se joue à la fin de chaque semaine du côté de notre frontière orientale. Des milliers de nos compatriotes franchissent la frontière pour aller faire leurs courses dans les supermarchés de nos voisins. Les jeudis et vendredis vous n'y entendrez parler que notre langue. Même les caissières se sont donné la peine d'en apprendre quelques mots et quand je demande, dans ma langue maternelle, où se trouve la bière, on me comprend. Enfin, de la vraie bière comme chez nous, vous n'en trouverez pas ici. Mais de nombreux produits y sont beaucoup moins chers. Les locaux nous regardent parfois bizarrement, mais au fond, ils se sont complètement faits à l'idée que nous participions au développement de leur économie. La viande est mille fois plus abordable, les légumes incroyablement frais et l'essence est encore 10 à 20 centimes moins chère. Ne parlons pas des cigarettes. Mais tout n'est pas rose bien sûr. Les salaires de nos voisins n'augmentent pas partout comme ils l'auraient souhaité et c'est peut-être pour ça que les prix sont aussi bas. Les horaires d'ouverture des magasins ne sont pas aussi flexibles, leur langue est bizarre, leurs routes ne sont pas en aussi bon état que chez nous et leurs voitures non plus. De plus, leurs villes donnent encore l'impression d'être quelque peu chaotiques. Il y a aussi beaucoup de choses, comme les salades toutes prêtes et les desserts, par exemple, qu'on ne devrait pas acheter ici. La qualité de leurs desserts n'est simplement pas la même que celle à laquelle nous sommes habitués et ils n'ont aucun goût par rapport aux nôtres. Par ailleurs, ils ne s'y connaissent vraiment pas du tout en fleurs.

J'imagine tout au moins qu'ils sont contents que nous dépensions notre argent ici. Ils ont toujours les yeux qui brillent quand on apporte des nouvelles pièces commémoratives de deux euros. Ils acceptent nos pièces et billets sans problème, aussi bien nos euros que nos anciennes devises. Les personnes vivant à la frontière y sont habituées, même si je ne sais pas ce qu'ils peuvent en faire. Chez nous, ils ne pourraient rien s'acheter avec ces vielles pièces. Même les restaurants, Mesdames et Messieurs, qu'est-ce qu'on y mange bien pour une bouchée de pain ! Vous ne voudrez pas me croire si vous n'en avez pas fait l'expérience vous-même. Chez nous, la cuisine se fait de plus en plus chic. Ça s'appelle la *Nouvelle Cuisine* et coûte une fortune ; mais là-bas, à l'est, de l'autre côté de la frontière, on trouve encore de la vraie bonne cuisine traditionnelle – et pour si peu d'euros.

A l'inverse, nos voisins, et surtout leurs artisans, viennent volontiers chez nous pour travailler. Ils affluent de tout le pays et passent la frontière en voulant travailler, travailler, travailler. Beaucoup et pour pas cher. Ils disent toujours que c'est plus d'argent que ce qu'ils recevraient chez eux. En réalité, nous les laissons faire le travail que personne ne veut faire et les payons au lance-pierres. Nos artisans, eux, se plaignent régulièrement de la « concurrence » venant de l'est. Mais à vrai dire, ils n'ont aucune concurrence. Ces artisans de l'est font le sale boulot, le font bien et ne râlent pas. Étant donné que nos loyers sont trop élevés pour eux, ils dorment dans leur vielle camionnette

Volkswagen. Et le week-end, ils traversent la frontière pour retrouver leurs familles et nous, gênés, les rencontrons au supermarché. Maintenant, leurs étudiants viennent aussi chez nous en plus grand nombre. L'enseignement, comme on dit si joliment, serait meilleur chez nous. Alors qu'ici beaucoup râlent contre le système scolaire et universitaire, là-bas la situation est encore pire. Et, d'après ce que disent nos jeunes, ils viennent en fait avec un excellent niveau scolaire, sont disciplinés et veulent apprendre beaucoup. C'est surprenant mais ils boivent moins que nos étudiants. Dans la mesure où ils se débrouillent avec la langue, ils donnent des cours de soutien en maths, en remerciement. C'est toujours ça. Si leur gouvernement trouve un jour de l'argent, on devra tout de même discuter de qui doit en fait financer ces formations qui ont un prix non négligeable. Pour l'instant, tout ça est déduit du compte de l'aide fraternelle européenne.

J'ai parfois mauvaise conscience de penser ainsi, mais j'ai déjà entendu que la même comédie se jouait aussi à leur frontière orientale – viande, essence, et cigarettes contre artisans et étudiants. Dans ce cas-là, je ne dois, peut-être pas, avoir aussi mauvaise conscience.

Je m'appelle Geert, j'habite aux Pays-Bas et me rends tous les jeudis en Allemagne.

*Repris ou échangé**

*seulement dans l'emballage d'origine intact et immaculé que vous n'aurez pas égratigné

« Non, je ne peux pas l'acheter tout de suite, je dois d'abord en discuter avec ma femme. »

« Ah bon ? Vous ne prenez pourtant aucun risque. Si ça ne lui plaît pas, vous le rapportez au magasin dans l'emballage d'origine et vous vous faites rembourser. »

« C'est aussi simple que ça ? »

« Oui, si l'emballage n'a pas été ouvert. Vous avez jusqu'à deux semaines après l'achat. »

« Même si le produit n'est pas défectueux ? »

« Oui, comme je vous l'ai dit, du moment que vous ne l'avez pas ouvert, c'est bon. Vous ne pouvez pas savoir si c'est cassé ou non du coup. »

Aussitôt dit, aussitôt fait. Je me rends à la caisse, paye, sors du magasin, rentre à la maison, demande son avis à ma femme, prends note de son refus et retourne au magasin. Au fait, il s'agit d'un célèbre et grand magasin d'électroménager-multimédia dont personne en Allemagne ne peut échapper aux publicités.

Il y a une sorte d'accueil à l'entrée du magasin.

« Vous voulez aller où avec cette boîte ? »

« Bah... à l'intérieur. »

« Nan, nan, nan. Vous ne rentrerez pas avec ce truc. Qu'est-ce que vous faites avec ça ici, d'ailleurs ? »

« Mais ça vient d'ici ! Je l'ai acheté tout à l'heure ! »

« Ah et maintenant ? »

« Maintenant, je veux le rendre. »

« Pourquoi ? »

« Ça ne plaît pas à ma femme. »

« Ah ! »

« Bon et maintenant ? »

« Il faut l'ouvrir. »

« Ah non, certainement pas. »

« Vous ne rentrerez pas alors. »

« Tout à l'heure, votre collègue m'a explicitement indiqué, et ce à plusieurs reprises, que je ne devais en aucun cas ouvrir l'emballage si je voulais me faire rembourser."

« Bah... évidemment. »

« Vous êtes toujours comme ça ? »

« Bien sûr, vous croyez quoi, que je parle avec vous parce que ça me fait plaisir ? »

« Ok, ok, ouvrez-la alors. C'est vous qui me remboursez après ? »

« Non, je vous mets juste un autocollant dessus, ensuite vous retournez voir mon collègue qui vous délivrera un avoir à récupérer à la caisse. »

Un étage plus haut, cinq minutes plus tard :

« Bonjour, je voudrais échanger ce produit. »

« C'est cassé ? »

« Non, non, c'est que ça ne plaît pas à ma femme. »

« Ça, c'est votre problème Monsieur. Vous ne pouvez pas l'échanger pour cette raison. »

« Bon, écoutez, votre collègue m'a dit tout à l'heure que je pouvais le rapporter sans problème si je n'avais pas encore ouvert l'emballage. »

« Oui, exactement, quand l'emballage n'est pas ouvert. Et ? Est-ce que votre emballage est toujours intact ? »

« Non, bien sûr que non ! »

« Alors ! »

« Mais c'est vous qui venez de l'ouvrir. Enfin, pas vous, votre collègue à l'accueil. »

« N'importe quoi, ce n'est pas comme ça qu'on travaille ici. »

« Et pourtant ! »

« Impossible. »

« Allez donc lui demander ! »

Entre temps, l'employée à l'accueil a elle aussi été remplacée et est maintenant introuvable. La nouvelle ne sait évidemment rien, ne fait pas ce genre de chose non plus et n'en a d'ailleurs jamais entendu parler. Je n'ai ni le nom de mon vendeur ni celui de l'employée qui a ouvert mon emballage. Du coup, j'ai maintenant un problème. Et j'ai appris une chose :

Si c'est ça l' « expérience d'achat » qui doit me retenir de commander sur internet sans stress, sans risque, sans me déplacer, sans payer de parking et avec plus de droits, plus de choix et des prix plus bas, mes prévisions de croissance pour les magasins d'électroménager-multimédia ne sont pas glorieuses du tout.

Blague de coursier

Le coursier venait d'arriver. C'était un coursier d'une de ces entreprises de livraison privée. Il voulait une signature là, une deuxième signature ici et encore une autre là pour la douane. Il joua un moment avec tous les papiers qu'il avait et me demanda :

« Zavez-vous pouquoi lez-Allemands ont b'soin de papier toilette à trois épaisseurs ? »

« Euh, nan... ? »

« Pacequ'il leur faut tout en trois z'exemplaires. »

« Vous avez été lobbyisé »

Un texte du Dr. Jochen Bittner, correspondant pour l'Europe et l'OTAN au *Zeit*

Bilan d'un an de correspondance à Bruxelles.

Son rire dédaigneux au goût de mousseux s'abattit sur moi. Selon cette diplomate allemande, le nombre que je viens pourtant de lui dévoiler, après un trop court moment d'hésitation, est relativement pitoyable. Vous avez récolté à peine trente cartes de visite lors de votre première semaine en tant que correspondant à Bruxelles ? Sur le bord de son verre à pied se dessinait la marque de son rouge à lèvres et du léger sourire narquois qu'elle arborait.

Un an plus tard, j'ai appris trois choses. Premièrement, ce n'est pas le nombre qui est important. Deuxièmement, l'échange maladif de cartes de visite lors des soirées bruxelloises s'effectue souvent avec le même état d'esprit que lorsqu'on remplit une grille de loto : qui sait, ça peut toujours nous apporter quelque chose, et si ce n'est pas sur le plan professionnel alors peut-être sur le plan privé. Mais, troisièmement, j'ai aussi compris que si le sort s'abattait un jour sur l'Europe, Bruxelles tout entier serait le lieu qui, comme aucun autre, se précipiterait pour canaliser, analyser et parer à cet évènement. La ville se serait alors métamorphosée en l'un des réseaux les plus denses au monde. Bruxelles, c'est Google en vrai. On y trouve tout et tout le monde. Mais aussi beaucoup de choses qu'on n'a jamais cherchées.

Les premières semaines, ça a l'air si psychédélique de travailler au cœur de la « capitale de l'Union Européenne » (un surnom seulement employé par les guides de voyage) qu'on se croirait au beau milieu d'un amas d'étoiles en continuelle implosion. Bruxelles se précipite sur les nouveaux arrivés comme une nuée de criquets pèlerins sur un champ de blé tout juste fleuri ; petite corruption et attaques entre amis comprises. Le quartier de l'UE donne à ses habitants la douce impression qu'ils ne sont qu'entre eux, coupés du reste du monde et de sa surveillance, pour ainsi dire.

Tout autour de la place Schuman, de ses imposants immeubles de bureaux et de ses très nombreux restaurants, il règne à la fois l'effervescence d'un aéroport international et la mentalité d'un village du Limousin. « Non, non, laissez, c'est pour moi. Vous avez été lobbyisé ! », vous sifflote votre interlocuteur à la fin d'un excellent mais onéreux déjeuner en dégainant son propre portefeuille. Ici, vous rencontrez également cet agent des renseignements fédéraux allemands que vous connaissez d'un autre temps mais que vous n'avez jamais vu aussi ouvert et détendu. Et là, vous apercevez une membre de la Commission qui, le plus sérieusement du monde, se plaint sur la quantité de travail qu'elle a et qui, avec encore moins de gêne, peste sur tout le champagne qu'elle a pu boire et qui lui a « sérieusement » ruiné la muqueuse intestinale.

« Pling ! », jubile l'ordinateur quand le journaliste est de retour dans son bureau. Un e-mail de la fédération allemande pour la protection des animaux. Super ! l'UE vient d'interdire le commerce de fourrure de chat et de chien ! « Pling ! » Les socialistes du Parlement européen organisent une conférence de presse sur la suppression de la TVA sur les préservatifs. « Pling ! » La représentation du Land de Bavière à Bruxelles organise une « dégustation de saucisses ».

« Dring ! » Le téléphone sonne. L'homme à l'autre bout du fil ne se donne même pas la peine de se présenter. « Bonjour, nous aimerions bien ajouter votre adresse à notre base de donnée », se contente t-il de me dire en anglais. Je lui dis « euh... non » mais alors que je raccroche à peine le combiné, le sentiment d'avoir enfreint une loi fondamentale bruxelloise m'envahit. Vais-je, à cause de ce refus, ne jamais recevoir l'e-mail le plus important et décisif de l'année ? Dont toute la ville parlera demain ? Ou pire : suis-je devenu anti-européen ?

Peu de temps après, je rencontre par hasard un ancien camarade d'université qui a entre-temps lui aussi atterrit « à l'UE ». Oh oui, dit-il, il connaît cette peur. Puis il me demande si je me souviens du film Star-Trek avec les hommes-machines « Borgs ». Je fais oui de la tête. « Toute résistance serait futile ! Vous serez assimilés ! », exhortaient-ils du fond de leur carcasse métallique. Mon ami sourit et hoche la tête. Et il a raison. J'allais bientôt remarquer que ça ne servirait de toute façon à rien de s'opposer à cet engrenage.

Celui qui vit à Bruxelles, n'a pas le choix. La moitié de son cerveau est vite accaparée par l'UE. Il ne se passe même pas trois mois et on se surprend déjà à passer deux heures de sa soirée à débattre passionnément avec une jeune femme sur le traité de Lisbonne. Ici, ce n'est pas un *faux-pas*. C'est totalement *en vogue*. Ensuite, on commence, sans s'en rendre compte, à introduire des formules de politesse toutes faites dans son vocabulaire. Enfin, on salue de parfaits inconnus en leur faisant la bise.

Et ce n'est probablement pas non plus un bon signe d'avoir déjà pensé à vendre mon réfrigérateur. Bruxelles nourrit simplement trop bien ses filles et ses fils qui viennent d'arriver.

« La paix ! », s'exclame le ministre-président allemand Kurt Beck[3] au micro. En visite au sein de la représentation de Rhénanie-Palatinat à Bruxelles, il se doit de sonner européen. « Croissance ! » Le public commence à s'agiter. « Plus aucunes frontières ! », « Nous », « Tout le monde ! », « Les Hommes ! » Le public se disperse. « Voisins ! » Et voilà, s'en est fini. Quand les hommes et femmes politiques commencent à déballer le vocabulaire du Prix Nobel de la paix dans leur discours, le public détourne poliment son attention ; il sait que le buffet va très bientôt être ouvert. L'évocation d'une Europe comme alliance politique empêchant une prochaine guerre d'éclater ne s'entend plus que dans les bénédicités bruxellois. En effet, personne ne

---

[3] Homme politique allemand ayant entre autre occupé les postes de ministre-président du land de Rhénanie-Palatinat de 1994 à 2013 et de président fédéral du Parti social-démocrate d'Allemagne de 2006 à 2008

croit plus vraiment en cette idée mais personne ne veut penser à quelque chose de meilleur, à quelque chose qui puisse faire avancer l'Europe. En attendant, on se console avec du carpaccio de bœuf et des bouchées au saumon. Il se peut que Bruxelles ne soit qu'une antichambre de l'Histoire – mais son buffet est excellent.

Un jour, je me suis rendu compte que je n'avais encore jamais vu l'Atomium, un lieu, dit-on, où les Belges aiment bien aller. Je n'ai encore jamais été voir le Manneken-Pis non plus. Et je n'ai encore jamais visité le musée de la bande-dessinée non plus. Pour être franc, je n'aime pas qu'on me rappelle que je vis dans une ville dont une partie non négligeable de sa notoriété internationale repose sur un enfant qui fait pipi et les aventures de Tintin et Milou. Mais, une amie allemande me raconta que des Belges auraient récemment habillé le Manneken-Pis d'un costume en cuir noir. Nous trouvons ça mignon et décidons d'aller les chercher, ces Belges. Un ami de mon amie dit qu'il connaît un bar pas loin de l'Opéra où on en trouve, des Belges.

Le samedi suivant, nous nous retrouvons dans cette taverne assis autour d'une grosse table en bois au cœur de la magnifique vielle ville, savourant une bière et regardant avec curiosité vers le bar. Ça ne dure pas longtemps avant que notre amie soit invitée à danser – par un journaliste italien. Son ami et moi discutons donc le reste de la soirée des conséquences du traité de Lisbonne sur les politiques éducatives. – Si quelqu'un me demande un jour, si j'ai déjà vécu en Belgique, je répondrais non. Je n'ai fait que camper aux murs d'une institution.

Soyons sincères, Bruxelles est un bon exemple pour le fait qu'une société parallèle puisse magnifiquement fonctionner quand nouveaux et anciens habitants partagent le même héritage culturel et se sont déjà affrontés au cours de deux guerres mondiales.

Angela Merkel, elle aussi, n'a encore certainement jamais rencontré de Belge et ne trouve pas ça gênant. Quand les chefs d'état européens ou leurs ministres se rencontrent à Bruxelles, ils siègent au sein de l'hermétique bâtiment du Conseil de l'Union européenne, le « Justus Lipsius ». Ce cube de granite est aussi attirant qu'une pierre tombale et son architecture intérieure est changeante ; d'un étage à l'autre vous pouvez passer du style froid d'un glacier de village à celui hermétique d'un couloir de prison. Après avoir présidé le Conseil, chaque pays y laisse un souvenir ; chaises, fauteuils, lampes, tables d'appoint. Il en résulte un bric-à-brac déconcertant d'objets tout aussi différents les uns des autres que précieux et de très haut de gamme.

Par chance il y a des hommes et des femmes politiques à qui toute cette situation déplaît. Ces derniers veulent maintenant, et une bonne fois pour toute, entreprendre des choses avec l'Union Européenne au lieu de passer leur temps à s'y regarder le nombril.

Lisbonne, une douce nuit au bord de la mer. Angela Merkel se présente aux journalistes devant un fond bleu étoilé et avec un sommet européen historique derrière elle. A vrai dire, elle aimerait ne plus avoir à répondre à aucune question sur le nouveau traité modificatif, anciennement appelé « Traité constitutionnel européen ». « Non », « peut-être » laisse entendre la Chancelière. Selon elle, cette UE à 27 pourrait finalement discuter de ce qu'elle veut atteindre au juste dans le monde, de « ses intérêts par rapport à la mondialisation » par exemple. Silence des journalistes. Il s'en suit une question sensible portant sur les fréquents déplacements aériens réalisés par les politiques européens. Tout ce CO_2 rejeté ! C'est comme ça qu'on montre le bon exemple ?

Le journaliste novice pense que la chancelière aurait peut-être tout de même voulu approfondir d'autres thèmes. Pourquoi, par exemple, est-ce que Bruxelles donne encore l'impression de n'être que le refuge d'une ONG n'ayant que peu de pouvoir ? Pourquoi est-ce que les sommets entre ses 27 chefs d'état produisent souvent l'effet d'une rencontre d'un groupe en quête d'identité ? Pourquoi est-ce que ce club incroyablement mal organisé dépense l'incroyable somme de 40 milliards d'euros par an pour son lait de vache, ses oliviers et ses troupeaux de moutons alors que la Chine investit dans ses universités et ses ports à containers ?

Les observateurs aguerris vont diront que oui, sacre Dieu, l'UE a tout simplement ses défauts, comme chaque organisation complexe. « Vous savez, me confie un collègue allemand, ça fait maintenant onze ans que je suis là. Et je suis toujours – il hésite – un Européen convaincu. » Je me demandai si un correspondant à Berlin dirait lui aussi qu'il est un fédéraliste convaincu ?

Bruxelles jouit en fait d'un pouvoir d'attraction tout particulier sur les journalistes, comparable peut-être à celui des paroles d'un chanteur de folk. Hey, frère, on construit un truc de fous ici ! Tu ne veux pas venir tout critiquer ?

Certains responsables européens souffrent de ce syndrome de Stockholm politique dès qu'ils sont, ne serait-ce que quelques minutes, encerclés par le public bruxellois. Markus Söder de la CSU par exemple. Il s'est rendu à la dégustation de saucisses de la représentation bavaroise. Une bière fraîche à la main et entouré de journalistes, il a déclaré d'une voix grave : « Bruxelles est l'une des capitales du monde. A côté de Washington, Pékin et Londres, Bruxelles est l'une des capitales du monde. »

J'écris ça très soigneusement et me dis que Bruxelles est vraiment une ville passionnante dans laquelle on apprend tous les jours beaucoup de chose. Mais si jamais je commence à vraiment le croire, ça veut dire qu'il est temps pour moi de retourner dans la vraie capitale du monde, Hambourg.

Voitures allemandes du Limousin. Ah la vache !

Croyez-vous que les voitures européennes soient meilleures que les américaines ? A coup sûr, vous direz « oui » et ce peu importe de quel côté du Rhin vous lisez ce texte car il ne fait aucun doute que Français et Allemands sont d'accord sur cette question. Mais les Français considèrent, en raison d'une fierté nationale non objective, que leurs voitures, un tantinet bizarre, sont les meilleures alors que tout le monde devrait pourtant savoir que de bonnes voitures ne peuvent être construites qu'en Allemagne. Encore bien plus intéressante que la question de leur origine, l'apparence et la forme des voitures font l'objet de bien des débats. A cause de raisons patriotiques déjà évoquées ci-dessus mais qui sont là aussi pertinentes, les pickups américains ne sont pas la forme la plus répandue ni en France ni en Allemagne.

Les Français grandissent avec le cliché que les Allemands adorent plus que tout conduire leur break à travers la campagne bavaroise. Ceci est peut-être dû à l'image de l'Allemand à l'étranger : un homme qui travaille constamment et très sérieusement et qui fait des travaux, bricole et achète du terreau tout aussi sérieusement et tout aussi constamment. Je ne dirais rien pour le moment sur le fait qu'IKEA existe tout aussi bien au pays d'Astérix et que les meubles n'y sont pas plus petits qu'en Allemagne.

Les Français ne contestent pas le fait que les Allemands aient inventé et donné à leurs voitures de si jolis noms, comme Variant, Touring ou Avant. Mais, eux, ils les appellent tout simplement « break ». À ce sujet, j'aimerais ajouter que les compatriotes de Sarkozy et de de Funès croient que « break » serait un anglicisme. Le fait que les anglophones de cette planète aient une bonne douzaine de termes pour désigner ce type de voiture mais dont « break » ne fait pas partie n'est qu'une preuve supplémentaire de l'excellente maîtrise de l'anglais de nos voisins francophones. Le substantif « break » signifiant en fait « fracture », « trou » ou « pause » et le très similaire « brake » signifiant « frein ». En outre, les Français prononcent « break » un peu comme « beurk ». Donc quoi qu'ils puissent penser des breaks, ça ne doit pas être très positif.

Les « limousines » en revanche, ils les aiment. C'est évident, peut-on penser, le Limousin, c'est dans le Massif central. C'est donc logique que les Français aiment les « limousines », vu leur nom ! Tu penses ! Les voitures qu'on appelle « Limousinen » en Allemagne sont affectueusement appelées « berlines » par les Français – si ça ce n'est pas une main tendue pour l'amitié entre nos deux pays !

Mon Maison

Même quand on parle et comprend le français tout à fait correctement, on trébuche encore et toujours sur les pièges que les Français aiment tendre aux étrangers pour nous faire bien sentir que nous ne sommes pas d'ici. Cette tradition est aussi et à juste titre entretenue par les immigrants qui ont probablement pris note de chaque piège linguistique qu'ils ont rencontrés depuis leur arrivée en France il y a des années. Ils sont maintenant capables de se venger et le font avec beaucoup de plaisir.

Les difficultés de la langue française se laissent diviser pour l'essentiel en trois catégories : les tournures exagérément soutenues et formelles, les jeux de mots et les abréviations.

Niveau I – Attention sol glissant

La vie publique et économique française repose sur une langue qui donne l'impression de provenir d'un autre temps. Alors qu'en Allemagne nous nous sommes entre temps débarrassés de la formule de salutation « *avec l'expression de ma considération distinguée* », les Français entretiennent toujours un ton très obséquieux. Ils s'excusent tout d'abord pour s'être seulement permis d'écrire ou de téléphoner. La discussion doit ensuite être maintenue à un niveau de langue soutenu. Le gérondif est indispensable si l'on veut se faire comprendre (« Consultant votre catalogue, je me suis rendu compte que... », « En lisant votre annonce », « En attendant votre réponse », « En recevant nos produits, vous serez... »). Si on a mené sa discussion en évitant tous les écueils de langue française, il faut encore se forcer à prendre congé de son interlocuteur avec dévouement et lui assurer ses meilleures salutations. Celui qui ne maîtrise pas cette langue officielle peut, encore aujourd'hui, faire face à des problèmes et à des malentendus dans le cadre de sa communication officielle avec les Français.

Niveau II – Les jeux de mots

Le niveau II des subtilités de la langue française nous amène à nous pencher sur les jeux de mots, c'est expressions idiomatiques et imagées que nos voisins aiment par-dessus tout. Les expressions idiomatiques sont celles qui sont encore les plus simples à comprendre, car on peut souvent y entrevoir un équivalent allemand. Cependant, le simple recours fréquent aux expressions imagées rend parfois le français quelque peu incompréhensible. Regarder chaque mot un par un dans le dictionnaire n'est bien sûr d'aucune aide. Les jeux de mots sont encore plus durs à comprendre. A l'instar de l'anglais, le français n'a pas de règles strictes de prononciation. Il en résulte ainsi une multitude de mots qui s'écrivent certes différemment mais qui se prononcent de la même manière comme les très appréciés *vert*, *vers*, *verre*, *ver* et de nombreux autres mots qui commencent par *ver-* ou bien *mer*, *mère* et *maire*, etc... Les Français aiment jouer avec les mots, les faire rimer et jouer sur l'ambiguïté. Ils prennent d'ailleurs beaucoup de plaisir en lisant l'incompréhension la plus totale sur le visage des étrangers. *Revenons à nos moutons.*

Niveau III – Abrév°

Les innombrables abréviations, qui nous tombent en permanence dessus, sont indéniablement réservées aux francophones avancés. Celles qui, au premier coup d'œil, n'ont pas l'air d'être des abréviations et pour lesquelles on ne trouvera jamais d'entrée dans le dictionnaire sont les plus énervantes. En règle générale, aucun point n'est utilisé dans les abréviations françaises. Les dernières lettres du mot sont ainsi collées à l'abréviation ce qui la rend souvent prononçable, mais ça n'en fait pas un mot pour autant.

Les magasins d'alimentation sont par exemple souvent appelés *Alimentation Générale*. Lorsqu'il n'y a par contre pas assez de place sur la devanture du magasin, le commerçant écrit volontiers Alimentation Gle – jamais vous ne trouverez le mot "gle" dans le dictionnaire.

Les dernières lettres des mots sont souvent placées un peu au-dessus de l'abréviation pour qu'on puisse facilement reconnaître qu'on a affaire à une abréviation. *Internationale* est par exemple abrégé en *internation^{le}*. Et ce n'est pas vraiment important que seulement une seule lettre n'ait en fait été économisée. Le véritable but de la manœuvre, c'est-à-dire susciter le désarroi chez les non natifs, est atteint.

Les abréviations sur les plaques de rues sont particulièrement énervantes. Étant donné que la plupart des villes à l'exception de Paris ont des noms tels que Allemanche-Launay-et-Soyer, Bathelemont les-Bauzemont, Condé-sur-L'Escaut, Germigny-sous-Coulombs ou bien Verneuil en Halatte, une abréviation sur le panneau signalant l'entrée dans la ville est indispensable ne serait-ce que pour des raisons économiques. Le développement des GPS a heureusement très nettement amélioré la situation. Avant, le mariage de nombreux couples allemands se déchirait au panneau de Pierre[te] s/S, lorsqu'elle lui affirmait avec conviction qu'ils devaient s'être perdus car la ville sur la carte (Pierrefitte-sur-Seine) ne s'appelait pas comme la ville sur le panneau.

Un petit test ? Je vous en prie :

L'abréviation « M[on] » est très appréciée dans les lieux de villégiature français. On y trouve « M[on] Pierre », « M[on] Antoine » et beaucoup d'autres. Non, nous n'avons pas ici affaire à des femmes hyper possessives. « M[on] » signifie souvent « maison ».

Et qu'est-ce que « B[rie] » pourrait bien signifier ? Non, non, ça ne fait pas référence au fameux fromage. Pour cette abréviation, plusieurs possibilités s'offrent à vous en même temps : boulangerie, boucherie, brasserie. Dans tous les cas, vous ne mourrez pas de faim...

Et P^te ? Cette abréviation aussi est utilisée dans au moins deux variantes courantes : pour petite et porte – mais je n'ai jamais vu l'abréviation d'une petite porte (p^te P^te ?)

A cet égard, bonne chance en vacances !

No man's land

Un texte de JP Bouzac

« Jeune homme, faites un effort ! Ça fait deux heures qu'on vous parle et que vous ne dites rien… »

« Laisse le tranquille, tu vois bien qu'il est muet comme une carpe, complètement idiot ou les deux à la fois ! »

« Tu crois qu'il a bu ? »

« Non, on dirait plutôt un somnambule. »

« Il s'est peut-être échappé d'un asile. »

« Bonne idée. Je vais passer quelques coups de téléphone. »

« Bon, récapitulons… Une patrouille vous a récupéré hier soir près du village de H. Vous marchiez sur la route, en plein milieu de la route ! Autant dire que vous avez drôlement de la chance d'être encore vivant à l'heure qu'il est ! Vous portez un jeans et un t-shirt à manches courtes. Nous sommes certes en août, mais le soir, il fait aussi frais qu'en avril. Vous comprenez ce que je vous dis ? »

Roman sert du thé aux fruits et fait passer un plateau de kanapki.

« Vous n'aviez rien dans les poches à part un billet de bus Lublin – Zamość. Vous avez pris le bus mais vous êtes descendu en route et avez continué à pied, pourquoi ? »

« Tu sais quoi Marcin ? Je crois qu'il ne pige pas un mot de polonais ! »

« T'as ptêt raison. »

« J'essaye de lui parler en ukrainien ? »

« Vas-y. Je vais chercher Rafał, c'est celui qui parle le mieux le russe parmi nous. »

« Pas étonnant ! »

« S'il te plaît, oublie ces vieilles histoires une bonne fois pour toutes ! »

« Tu sais, les vieilles histoires, on ne peut pas les ignorer. Soit elles disparaissent d'elles-mêmes, soit elles restent là, en arrière-plan, et ressortent d'un seul coup, sans prévenir, au moment où on les attend le moins... »

« Je ne te savais pas philosophe ! »

« Vas donc chercher Rafał, ça lui fera du bien de travailler un peu au lieu de faire semblant de lire le journal. »

Une heure plus tard.

« Et si on essayait en anglais ? »

« Si ça lui fait autant d'effet que ton ukrainien ou le russe à Rafał... »

« Qui va lui parler alors ? Moi, tu sais bien que j'étais malade quand il y a eu le cours obligatoire. »

« Et tu ne l'as pas rattrapé ? »

« Non, pas encore, et toi ? »

« Moi, j'y étais, tout le monde ne peut pas se défiler en même temps, mais j'ai tout oublié. Dommage, on s'était bien amusé pendant une semaine. La prof, c'était une jeune Australienne mignonne à croquer... »

« Ils auraient mieux fait de vous envoyer un vieux schnock ou une sorcière ! »

« Bon alors, qui va lui causer en angliche ? »

« Je pourrais demander à Anna de passer. »

« Ta fille n'a rien de mieux à faire ? »

« Sûrement que si, mais elle peut bien m'aider de temps en temps. Elle parle très bien l'anglais, le français et même l'allemand. »

« Nous sommes sauvés ! »

« Espérons-le. Ce type vient peut-être même de la planète Mars ! »

« Tu regardes trop la télé ! »

« Tu as vu son regard ? Je te dis qu'il est shooté ! »

« Good afternoon. Who are you? What is your name? My name is Anna. »

L'inconnu jette un coup d'œil distrait en direction d'Anna, une blonde au visage pâle et aux yeux aigue-marine.

« Bonjour Monsieur. Quel est votre nom ? Je m'appelle Anna. »

Anna se retourne vers son père :

« Il comprend rien votre type ! »

« Il *ne c*omprend rien, je vous jure, ça parle des tas de langues étrangères, mais ne sait même pas parler Polonais correctement ! » commente Marcin qui ne peut pas supporter tous ces jeunes polyglottes.

« Merci pour ton aide, Anna, tu peux rentrer à la maison. On va bien trouver une solution. »

« Et en allemand ? »

« En allemand ? »

« Au point où on en est, vas-y ! »

« Guten Tag! Wer sind Sie? Wie heißen Sie? Mein Name ist An... »

L'inconnu se réveilla d'un seul coup, cachant son visage rouge écrevisse dans ses mains, se mit à pleurer bruyamment, s'écroula sur la table devant lui et pleura de plus belle.

« Au moins, il a réagi ! »

« Et comment ! »

« J'ai prévenu les consulats d'Allemagne, d'Autriche et de Suisse. Personne n'est porté disparu, mais ils nous tiendrons au courant s'il y a du nouveau. »

« Bien. »

« Le plus simple est de le laisser en paix. Il a sûrement besoin de repos. »

« Des nouvelles du fourgon volé ? »

« Non, mais à l'heure qu'il est, il a déjà vu du pays, tu peux me croire ! »

« Alors, on classe l'affaire ? »

« Non, tu sais bien qu'on n'a pas le droit, mais à la place de ces touristes, je louerais une voiture sans attendre. »

« Quel optimisme ! »

« Ce n'est pas la question. Simplement, il y a quelques années que je ne crois plus au père Noël ! »

« Ne dis pas ça trop fort, c'est pas sûr que ça soit bien reçu en haut lieu. »

« Je crois que, toi aussi, tu as besoin de repos. »

« Comme tu es gentil. Ne t'inquiète pas, encore une heure et je rentre à la maison. »

« Je te vois déjà devant la télé en train de boire ta *Perła mocna* et d'essayer de démasquer le meurtrier avant ta femme. »

« Ça m'est déjà arrivé. »

« Un véritable Sherlock Holmes ! »

« Moque-toi donc. Je n'y peux rien si tu es de service toute la soirée ! »

Le téléphone sonne.

« Allô, ici le consulat d'Allemagne, je crois que nous avons résolu l'énigme. Je parle bien à l'officier de police Kieslowski ? »

« Oui, Kie-ś-lowski à l'appareil, qu'est-ce que vous avez ? »

« On vient de nous apporter des documents, passeport, carte d'identité, permis de conduire, carte d'assurance-maladie, etc.... tous au nom de Hans Müller, étudiant, habitant Berlin, 27 ans, 1m82, yeux marron. »

« Où les avez-vous trouvés ? »

« Dans une poubelle près de la gare routière de Lublin. »

« Volés ? »

« Non. »

« Comment pouvez-vous en être si sûrs ? »

« C'est très simple, il y avait aussi son portefeuille avec cartes de crédit et liquide, des euros et des zlotys... »

« Et on vous les a rapportés ? »

« Si je vous le dit. »

« Nous avons beaucoup changé, depuis l'adhésion ... »

« Je ne suis pas historien, mais, à ce sujet, on a aussi trouvé un billet d'entrée pour l'ancien camp de concentration de Majdanek... »

« Sait-on pour quel jour ? »

« Oui, hier matin. »

« Hier matin ? »

« 10 heures. »

« Vous pourriez nous envoyer quelqu'un avec les papiers ? »

« Bien sûr, demain dans la journée. »

« Merci beaucoup, à bientôt. »

« Bonne journée ! »

Un Berlinois jette son passeport à la poubelle

En réaction à la visite d'un camp d'extermination

Un jeune Berlinois de 27 ans a jeté son passeport à la poubelle et ne voulait plus parler un mot d'allemand après avoir visité l'ancien camp de concentration de Majdanek en Pologne. Les atrocités commises par les Nazis l'ont tellement bouleversé qu'il ne voulait plus jamais revenir en Allemagne, a indiqué le porte-parole de la police de Lublin. Lundi, les autorités polonaises ont conduit Hans M. au poste frontière de Słubice pour le remettre à la police allemande étant donné qu'il ne possédait plus de papiers d'identité. Hans. M., qui suivait un cours de langue et de civilisation polonaise à l'Université Catholique de Lublin, a visité l'ancien camp de concentration et d'extermination de Majdanek avec sa classe la semaine dernière. Il a disparu après la visite. La police l'a arrêté alors qu'il errait sur la route en direction de Zamość. Hans M. a été soumis à un examen psychiatrique mais son état a été déclaré normal. Selon le porte-parole de la police, l'homme a simplement hoché la tête en silence lorsqu'il a appris sa reconduite à la frontière.

Quotidien « Berliner Zeitung » du 29 août 2007

Le surligneur gris

« Je te jure, il est gris, regarde ! »

Les publicités des nouveaux produits commercialisés en magasin sont fallacieuses. Je ne compte plus le nombre de publicités mettant en avant des produits disponibles « seulement pour une durée limitée », comme ces habituelles tablettes de chocolat blanc qui sont maintenant proposées « pour une durée limitée ». Notons que ces tablettes sont aussi proposées « pour une durée limitée » dans une déclinaison fourrée d'une substance visqueuse à la cerise et au piment. Sont également disponibles « pour une durée limitée » : le shampoing à la note de cannelle, les chips au vinaigre balsamique, les plantes en pot habillées d'un nœud et les couches déjà pleines.

Cette note « pour une durée limitée » déclenche chez nous consommateurs un comportement de hamster. Nous achetons plus de chocolat cerise-piment que nous n'aurions jamais voulu en manger. Juste comme ça. Par instinct de sécurité. Demain, il n'y en aura plus et aujourd'hui ils sont siiii abordables. Et même si on n'aime ni la cerise, ni le piment, ni les trucs visqueux dans le chocolat et qu'il y a très peu de chance que le tout combiné nous plaise. Après avoir croqué dans le premier morceau des dix tablettes tout juste achetées, notre avis est vite et logiquement prononcé : « Beurk ! »

Mais au sein de l'entreprise qui produit et distribue ces chocolats baveux on s'affaire. Tout commença par un accident : le stagiaire avait appuyé par inadvertance sur le mauvais bouton du tableau de contrôle de la production de chocolat et ajouta ainsi du piment à la préparation marronne. Personne n'avait envie de devoir jeter toute la production. Le département marketing fut donc chargé d'inventer une histoire sensationnelle et un packaging encore plus sensationnel pour cette « innovation ». Sans oublier bien sûr d'y faire figurer la mention « pour une durée limitée ». Aujourd'hui, tous les consommateurs en ont bizarrement fait d'énormes réserves. C'est pourquoi la variante glaireuse mis au point accidentellement fut à l'époque de sa commercialisation le plus grand succès de la marque. Plus grand encore que celui du chocolat au lait et aux noisettes. Alors que vous aviez décidé que la variante cerise-piment n'était pas bonne, elle a l'air de connaître au final un vrai succès commercial. Une augmentation est maintenant attribuée au directeur marketing et la direction de l'entreprise décide d'inclure durablement ce parfum « bave de cerise au piment » dans leur offre. Une nouvelle usine, placée sous la direction du stagiaire autrefois malheureux, est construite pour en assurer la production. Son inauguration se fait en grande pompe et le retour imminent du « chocolat préféré des Allemands » est annoncé sur toutes les grandes chaînes de télévision. Ceci nous fait nous demander qui peut sérieusement apprécier ce chocolat visqueux à la cerise et au piment. De retour sur les étagères des supermarchés, le chocolat est pile à l'heure pour Pâques. Mais sans l'inscription « pour une durée limitée » et du coup, c'est complètement inintéressant pour nous, consommateurs.

Maintenant, nous préférons nous saisir des tablettes installées juste à côté et dont le goût lavande et citronnelle fut créé par l'erreur d'un stagiaire d'une autre entreprise. Et nous rangeons dix de ces tablettes en sécurité dans notre tiroir à côté des neuf tablettes cerise-piment qu'il reste. Nous constatons que les tablettes à la lavande et à la citronnelle ont le même goût que du savon et nous espérons, à titre exceptionnel, que Tante Gertrude, qui mange vraiment tout, vienne bientôt nous rendre visite.

Les supermarchés ne sont pas le seul endroit où l'on peut observer de produits aussi malchanceux dans leur conception. Le surligneur gris a en effet vraiment existé. J'en ai obtenu un récemment au service fournitures de mon entreprise. Ils n'auraient soit-disant plus de surligneurs jaunes et verts en stock. Notez que ça fait bien longtemps que le responsable du service ne commande plus que du papier pour imprimante composé d'un pourcentage incroyablement élevé de papier de récupération. Ce papier ressemble du coup au papier habituellement utilisé pour les feuilles d'impositions. Et il semble qu'une promotion ait récemment été faite sur les crayons à papier gras et épais. Dans tous les cas, on en a quelques milliers en réserve. Mais c'est assez compliqué de lire ce qu'on a écrit avec ces crayons sur le papier recyclé. De toute façon, de telles notes sont impossibles à photocopier. La situation sera encore meilleure avec le surligneur gris qui, sur le papier recyclé, raiera plus qu'il ne mettra en avant le crayon à papier.

Je n'arrivais pas à croire qu'un tel surligneur puisse vraiment exister. Plié de rire, je montrais à mes collègues ma dernière acquisition, le surligneur gris qui raie ce qu'il surligne.

« Laisse-moi tranquille, je dois travailler, ton truc, ça n'existe pas de toute façon. Un surligneur peut être jaune, bleu, vert ou rouge, c'est tout ! »

« Mais si, si, ça existe en gris, regarde juste une seconde ! »

En l'espace de deux heures et même avant la pause déjeuner, tellement de monde avait entendu parler de la toute nouvelle acquisition de notre entreprise que 23 de mes collègues étaient venus se procurer un surligneur gris. Pour le poser sur leur bureau comme bibelot rigolo ou pour le montrer le soir même à leur famille.

Lors de ma prochaine visite au service des fournitures :

« Merci d'avoir fait de la pub pour le surligneur gris. En fait, je l'avais commandé par erreur. Personne ne pouvait se douter que vous vous en serviriez vraiment. Je n'avais encore jamais distribué autant de surligneur. J'ai maintenant retiré les jaunes des réserves et je viens de faire une première commande de 400 surligneurs gris ! »

La production de ce surligneur fut probablement une erreur et son succès a permis à un stagiaire de l'entreprise de stylos de décrocher un travail.

I have sizes

« No, no. You only look. I have sizes ! »

Rome, Italie. Shopping post-perte de bagage. Deux jours après mon arrivée dans la capitale de la mode, j'ai réglé le problème des sous-vêtements sans souci. Mais pour ce qui est des hauts, c'est beaucoup plus compliqué d'en trouver à ma taille dans un pays où aucune femme ne pèse plus de la moitié de mon poids et où les hommes les plus grands ne m'arrivent qu'aux épaules. Les vendeuses de la capitale italienne ont par contre un optimisme incroyable. Ou ont un sens du commerce inégalé...

Comme vous l'avez compris, je suis à la recherche de chemises et de polos qui me plaisent. Je me rends donc dans plusieurs magasins où la même comédie se reproduit à chaque fois. Après que je lui ai expliqué ce que je voulais, la vendeuse disparaît pendant un moment et revient avec les articles les plus larges qu'elle a en magasin. *« I have sizes »* est une phrase que j'entends et réentends jour après jour et qui est probablement enseignée aux vendeuses romaines qui ne parlent, de manière générale, pas vraiment anglais. Au cas où vous aviez un doute, « *I have sizes* » signifie qu'un Spietweh-XXL peut rentrer dans du M et même dans du L, avec un peu de chance. Il n'y a rien de plus frustrant que de se voir sans cesse répéter que l'élégance et le raffinement du style italien ne vous vont tout simplement pas. Et les vendeuses ne deviennent pas plus sympathiques en s'excitant à chaque fois et en répétant qu'elles n'ont jamais vu quelque chose d'aussi beau – parce que oui, elles disent vraiment ça. Toutes et toujours. « Ça vous va par-fai-te-ment ! Je vous l'emballe tout de suite ou vous le voulez aussi en vert ? »

Mon séjour de quatre jours à Rome s'est donc terminé avec deux chemises en lin qui avaient traîné je ne sais où au fond d'un magasin pendant quelques années, qui ne doivent pas être lavées pour ne pas risquer de les faire rétrécir et que je ne porterai probablement jamais plus en Allemagne.

Au fait, pour un futur voyage à Rome, sachez que *soppressata* veut dire saucisse pressée...

Glissière de sécurité en béton

Autrefois, sur les autoroutes, il n'y avait qu'un terre-plein en herbe pour séparer les deux sens de circulation. Certes, c'était très joli mais ce n'était pas extrêmement sûr. On pouvait y pique-niquer, s'y garer, y dormir et, en cas de doute, s'en servir pour faire demi-tour. Mais après, la glissière de sécurité a fait son apparition. Il n'en fut d'abord installé qu'une seule au milieu du terre-plein, puis une des deux côtés et enfin deux de chaque côté. Cette mesure a fortement fait réduire le nombre d'accidents provoqués par un véhicule traversant le terre-plein et débarquant sur la voie opposée.

Aujourd'hui, sur presque toutes les autoroutes, on peut observer comment des glissières de sécurité sans une tâche, totalement intactes et presque neuves sont démontées et remplacées par des murets de protection en béton. Certainement dans le but de réduire jusqu'à zéro le nombre d'accidents provoqués par une traversée du terre-plein central. En soi, une pensée honorable.

Je ne dispose d'aucun chiffre mais je me risque à affirmer que les nombreux accidents ayant lieu lors de ces nouveaux travaux ne font pas faire des économies aux assurances – mais, ces accidents sont probablement comptabilisés dans d'autres statistiques.

Le code belge

« J'aime la Belgique. Ce pays bordé par la mer du Nord a une âme aux couleurs de l'Europe du Sud. » Ces quelques mots ont réellement été prononcés par un de mes anciens collègues. Et ils sont tout à fait justes. Une fois qu'on a franchi la frontière germano-belge à Aix-la-Chapelle, on se retrouve en Europe du Sud.

A titre d'exemple et de manière totalement arbitraire, je citerai ici le tri sélectif. En principe, il y a à Bruxelles des sacs poubelles jaunes, bleus et blancs respectivement prévus pour le papier et les cartons, les emballages plastiques, métalliques et les cartons à boisson, et les autres ordures ménagères. Dès notre premier jour à Bruxelles, nous, les bons Allemands que nous étions, avons triés nos déchets en fonction de ces trois sacs. Presque rien n'a changé durant tout notre séjour : les vendredis nous déposions deux sacs bleus, un jaune et un blanc devant la porte de l'immeuble où se trouvaient ainsi deux sacs bleus, un sac jaune et douze sacs blancs. Dans notre rue, il y avait environ deux sacs bleus, un sac jaune et 150 sacs blancs. Les vendredis, un total probable de deux sacs bleus, un sac jaune et un million de sacs blancs était collecté dans tout Bruxelles mais nous, nous n'avons jamais arrêté de trier ! Et je n'ai jamais voulu vérifier le fait que tous ces sacs seraient en réalité ramassés par le même camion.

Mais il y a des choses encore bien pire ! Les Bruxellois conduisent, au premier coup d'œil, d'une manière catastrophique. Bon, en fait, c'est encore le cas au deuxième coup d'œil. Juste après mon arrivée à Bruxelles, la police m'a envoyé la liste de tarification des amendes relatives aux infractions au code de la route. En voici un extrait :

Quatre catégories d'infractions existent en Belgique.

Les infractions du 1er degré (excès de vitesse jusqu'à 10km/h) – 50€ si perception immédiate, de 55€ à 1375€ si l'amende n'est pas payée immédiatement.

Les infractions du 2ème degré (excès de vitesse de 10 à 20km/h, conduite sur le trottoir, stationnement sur un arrêt de bus) – 150€ si perception immédiate, de 275 à 1375€ si l'amende n'est pas payée immédiatement, retrait du permis de conduire possible.

Les infractions du 3ème degré (excès de vitesse de 20 à 40km/h, excès de vitesse de 10 à 20km/h en zone 30, dépassement interdit, passage au feu rouge, conduite en colonne militaire) – 175€ si perception immédiate, de 275 à 2750€ si l'amende n'est pas payée immédiatement, retrait du permis de conduire possible.

Les infractions du 4ème groupe (excès de vitesse de plus de 40km/h, excès de vitesse de plus de 20km/h en zone 30, course de voiture illégale) – 300€ si perception immédiate, de 550 à 2750€ si l'amende n'est pas payée immédiatement, retrait du permis de conduire possible pour une durée de huit jours à 5 ans.

Si ces règles étaient appliquées d'une façon cohérente, plus personne n'aurait de permis de conduire en Belgique !

Mais elles ne sont évidemment valables que pour les voitures ayant des plaques d'immatriculation étrangères. Bien entendu, j'avais une plaque allemande. Mais les Belges n'ont pas arrêté de me répéter que j'avais plutôt de la chance avec cette plaque parce que je me ferais moins klaxonner.

De toute façon, la seule chance de survivre sur les routes de Belgique est, en principe, de s'adapter au style de conduite des Belges, tout en évitant les amendes draconiennes. En ce qui concerne l'utilisation des klaxons, je suis et reste aujourd'hui encore sceptique. En Belgique, tout le monde conduit comme s'il n'y avait pas de permis de conduire à passer. Ils s'en accommodent en se disant constamment que tous les autres conduisent encore moins bien qu'eux. Comme si Sartre avait été Belge : *« L'enfer, c'est les autres »*. Cet état d'esprit mène au fait qu'étonnamment peu de personnes se font klaxonner. A la place, c'est la méthode de « l'éducation par l'exemple » qui est utilisée : les autres sont trop lents ? Je double par la droite depuis la quatrième voie ! Ou bien je m'engage systématiquement à contre sens dans une rue à sens unique ! Je me suis le plus souvent fait klaxonner *parce que* je respectais le code de la route.

En effet, à côté du code de la route officiel, il existe quelques règles officieuses inventées par un kamikaze belge du Far-West et mises au point dans le but de rendre la conduite encore plus difficile pour les étrangers. C'est le code belge.

Règle numéro 1 : Arrête-toi le plus tard possible !

Jamais, au grand jamais, on ne s'arrête au carrefour même si on pouvait très bien voir avant de s'engager qu'on n'a pas la place de passer ! Du coup on se retrouve là, à l'arrêt, au milieu du carrefour. Si on s'est, par inattention, arrêté à deux mètres derrière la voiture devant soi, on peut être sûr que les voitures arrivant de droite vont s'y faufiler quand leur feu passera au vert. Évidemment, elles même conscientes de pouvoir rester bloquées sur le carrefour. « Arrête-toi le plus tard possible ! », stipule la règle. Votre feu passe finalement au vert, vous vous faufilez par la droite à travers les voitures stationnant perpendiculairement. Puis au prochain feu, le carrefour est libéré... Ce comportement est aussi bien appliqué par les conducteurs de Fiat 500 que par les chauffeurs d'omnibus et de tramways. Ces derniers ont d'ailleurs d'autres règles et un concours interne à leur profession :

Règle numéro 2 : Freine le plus tard possible !

Même si on voit clairement que le carrefour à 100 mètres de la station de tramway est très fréquenté, on y va à plein gaz et on freine le plus tard possible. Si un passager ne s'accroche pas correctement, c'est de sa faute.

Règle numéro 3 : Bloque la circulation au moment le moins approprié !

A chaque fois qu'il pleut, les arrêts de tramways sont nettoyés de l'extérieur. Étant donné que le tram circule le plus souvent au milieu des grandes rues, ce nettoyage nécessite à chaque fois de bloquer une voie par sens de circulation. Les heures de pointes sont évidemment le meilleur moment pour ça. Au fait, il pleut tous les jours !

<u>Règle numéro 4 : ma règle préférée du code de la route belge : Si c'est vraiment important, on te le dira bien !</u>

Dans les rues à sens unique où on ne doit *vraiment* pas conduire, des panneaux indiquent tous les 50 mètres qu'on roule *vraiment* dans le mauvais sens. Et si un feu est *vraiment* important, un groupe de policiers sera placé à ce carrefour aux heures de pointe pour renforcer les feux tricolores avec leurs sifflets et leurs gesticulations ou, encore mieux, pour donner des ordres dans le sens inverse.

Ah, ce que j'aime l'Europe du Sud !

Colis et compagnie

J'aime bien lire. Des journaux et des magazines par exemple. Mais surtout... des livres.

Les journaux et les magazines se trouvent n'importe où, et même gratuitement dans les avions. Les livres, à l'inverse, sont plus difficiles à débusquer. Ce n'est pas la centaine de livres que l'on retrouve dans chaque librairie de chaque gare et de chaque aéroport qui fait figure de challenge passionnant dans une vie de lecteur. Je l'avoue donc : j'achète mes livres sur Amazon. Le choix y est immense et la livraison ne prend pas beaucoup de temps. En théorie, parce qu'en pratique, il faut évidemment être chez soi au moment de la livraison. Voire même devant sa porte d'entrée, selon l'humeur du livreur. Mes voisins les plus proches, un médecin et un cabinet d'avocats, acceptent tous les deux de temps en temps des colis pour moi – mais la Poste est maligne et aime livrer ses colis les samedis ou à des heures totalement improbables.

A Aix-la-Chapelle, on peut aller récupérer les colis dont on a raté la livraison au bureau de Poste principal. L'attente y est longue (elle ne dure jamais moins de trente minutes), les employés de mauvaise humeur et les clients munis de nombreuses réclamations.

Il n'est pas rare que le paquet envoyé ne soit pas là ou qu'il n'arrive que deux jours plus tard, contrairement à ce qui est écrit sur l'avis de passage. Mais ça, vous ne l'apprenez qu'après avoir fait la queue et attendu votre tour. Parfois on ne reçoit même pas d'avis de passage parce que le facteur n'en a pas envie. Parfois le facteur ne sonne même pas parce qu'il n'en a pas envie non plus. Je dois donc me rendre au bureau de Poste principal alors que j'étais bien présent chez moi lors de son passage. J'ai rempli et envoyé un formulaire à DHL pour que mes colis soient conservés dans un lieu sûr si je ne suis pas chez moi. Jusqu'à présent, aucun paquet n'y a été déposé.

Les bureaux de poste privés qui poussent à tous les coins de rue ne gardent aucun colis car ils ne sont pas payés pour ça.

Sur l'avis de passage, le facteur peut soit faire une croix à côté du bureau de poste ou à côté de « l'espace colis » concernés pour indiquer où le paquet se trouve. Ces espaces colis allemands sont jaunes, presque aussi grands que des toilettes publiques. Ce sont des sortes de distributeurs géants de colis. On les trouve à chaque coin de rue. A l'occasion d'une de mes nombreuses et adorées visites au bureau de poste, j'ai demandé à l'employé au guichet pourquoi mes colis ne pouvaient pas être déposés dans ces espaces colis. Sa réponse fut nette et précise : « Pas de place ». Je me demande pourquoi il n'y a évidemment pas de place pour mes petits colis, mais on m'a fait comprendre que les espaces colis sont désespérément saturés. Actuellement, seuls les clients souscrivant au service peuvent s'en servir.

L'employé au guichet me répondit par un sourire en coin quand je lui ai demandé si je pouvais remplir le formulaire d'inscription au service « espace colis » tout de suite : il faut que je le fasse sur internet.

Le paquet de bienvenue de l'espace colis ne contenait pas plus qu'une carte client. Mais il me fut livré par DHL. C'est-à-dire que j'ai dû aller le chercher au bureau de Poste principal. Une farce. Faire la queue, souffrir et jurer.

En essayant d'utiliser la carte pour la première fois, je me suis trompé de code PIN à trois reprises. La carte fut bloquée et je n'en ai obtenue aucune autre jusqu'à ce jour.

Les espaces colis ont-ils vraiment des clients ?

Epilogue :

J'ai reçu un mail six mois après mon malheur : « Votre espace colis s'ennuie sans vous ! »

Twin Beds

Un texte de JP Bouzac

« Si vous y tenez vraiment, prenez la chambre d'enfants ! »

C'était une petite chambre assez sombre sentant un peu le renfermé. Quelques toiles d'araignée pendaient du plafond.

« C'est entendu, nous prenons cette chambre ».

Notre hôte cacha mal sa surprise mêlée de déception, voire de pitié. Il nous avait tout juste montré la plus grande chambre de la suite : une grande pièce noyée de soleil, aux murs safran, meublée à l'ancienne, avec un grand lit rustique. Mais le fameux « grand lit » était un grand lit à la française, c'est-à-dire mesurant tout au plus 140 sur 190 cm.

C'est déjà pas mal, me direz-vous, car beaucoup de petits hôtels de l'hexagone proposent des lits encore plus étroits, parfois aussi plus courts. Difficile de faire plus convivial, à moins que le matelas ne pende en outre comme un hamac entre la tête et le pied du lit. Dans un pareil cas, faute d'avoir trouvé quoi que ce soit d'autre et pour ne pas dormir à la belle étoile, il m'est arrivé plus d'une fois de passer la nuit par terre, à côté du lit. A plus forte raison si je n'étais pas seul à avoir le souhait incongru de trouver le sommeil dans cette chambre cette nuit-là.

Avec le temps, je suis devenu très méfiant et évite comme la peste de me retrouver dans une telle chambre. Ce n'est pas toujours facile, surtout si l'on a pris l'habitude de réserver sur Internet et de payer à l'avance.

Heureusement, les hôteliers de France et de Navarre font des efforts. Si nous sommes toujours loin des standards nord-américains, les matelas sont au moins beaucoup mieux qu'il y a dix ans à peine : ils ne sont plus systématiquement du même âge que le patron, ni mous du ventre comme une limace. Et puis, pour répondre à la demande de nombreux clients nord européens, on propose de plus en plus de chambres avec lits jumeaux. On se demande bien ce qui se passe dans la tête de ces nordiques en vadrouille. Mais les affaires sont les affaires ! D'ailleurs les chambres à lits jumeaux, même moins bien aménagées ou situées, sont toujours plus chères que celles à grand lit. A ce propos, je suis surpris que personne n'ait pensé jusqu'ici à demander un supplément pour les chambres non-fumeurs...

Mais ce que la plupart des Français n'ont toujours pas compris, c'est le principal avantage des lits jumeaux : la liberté (et même l'égalité, à défaut de la fraternité). Car chacun a son lit, son matelas et, nec plus ultra, summum du luxe, ses propres draps. Quand on est habitué à cette formidable indépendance nocturne, comme c'est le cas, depuis des siècles, en particulier pour les Allemands, il est quasiment impossible de se résoudre à lutter sans relâche pour le moindre centimètre de couverture.

L'un peut se couvrir de trois couettes en plume d'oie ou d'autant de peaux d'ours polaire et l'autre dormir, livré aux moustiques, nu comme un éphèbe, si ça lui chante.

De retour de vacances en France et après de nombreuses discussions sur ce sujet passionnant, je lus mes e-mails au bureau. Francesco, collègue préparant une rencontre européenne à Barcelone, me confirmait la « réservation d'une chambre avec deux lits jumeaux, pour moi et mon collègue allemand ». Je le remerciais pour son aide précieuse, mais lui disait qu'en fait, chose exceptionnelle, ma femme m'accompagnerait lors de cette mission. Cinq minutes plus tard arrivait un e-mail plein d'excuses : « Tout est réglé, j'ai fait réserver une chambre avec un grand lit, pour toi et ta femme ! »

La Belgique existe-t-elle ?

Est-ce que la Belgique existe ? Voilà une question à laquelle il est relativement simple de répondre. Sur le chemin de Berlin à Paris entre Aix-la-Chapelle et Valenciennes, on ne remarque rien de particulier, à part peut-être quelques nids-de-poule qui sont obligeamment illuminés. Voilà donc un premier indice nous aidant à répondre à la question : un pays qu'on ne remarque pas plus que ça ne peut pas vraiment exister, si ?

Quand j'ai déménagé en Belgique, mes amis allemands m'ont demandé à plusieurs reprises et le plus sérieusement du monde si je parlais vraiment le « Belge ». Indice numéro 2 donc : la plupart des Allemands ne savent même pas quelles langues sont parlées en Belgique. Un pays, au cœur de l'Europe dont on ne connaît même pas la langue que parlent ses habitants ne peut pas vraiment exister, si ?

A ce stade de notre raisonnement, j'aimerais brièvement prendre la défense de nos amis d'outre-Atlantique dont nous nous moquons si souvent et avec tant de plaisir en raison de leur niveau d'éducation. Bien sûr, tous les habitants du Minnesota ne savent pas où se trouvent Monaco ou le Luxembourg sur une carte du monde. Mais depuis que je vis en exil loin de la capitale allemande et que j'endure des questions étranges de la part de mes compatriotes, à vrai dire plutôt bien éduqués, j'ai quelque peu changé mon avis sur le niveau d'éducation des Américains. Chaque cow-boy du Midwest peut en effet énumérer sans erreur tous les états américains et la capitale correspondante. Les Américains connaissent aussi le nom de tous les présidents, des fleuves et des tribus indiennes des États-Unis. Ils savent quels sont les états frontaliers au leur et connaissent l'histoire de leur famille. C'est déjà ça. Depuis que des Berlinois me demandent combien de temps dure le trajet pour se rendre d'Aix-la-Chapelle à Munich et m'interrogent sur la capitale de la Rhénanie-du-Nord-Westphalie et sur la langue que les gens parlent vraiment en Belgique, j'ai d'immenses doutes sur notre capacité à pouvoir réellement rivaliser face aux connaissances que les Américains ont sur leur pays.

A ce sujet, vous pouvez aussi vous disputer pendant des heures avec des Allemands sur la longueur de la frontière européenne entre la France et les Pays-Bas. Indice numéro 3 : un pays qu'on ne sait pas placer sur une carte ne peut pas vraiment exister, si ?

Et comment s'appelle l'actuel chef du gouvernement belge ? Non, ce n'est ni Benoît Poolvorde ni Jean-Claude Van Damme. Indice numéro 4 : si on ne connaît même pas le chef du gouvernement d'un voisin, c'est que...

Stop ! Après tout, tout ça n'est peut-être pas du tout de notre faute ?

« La coalition violette a décidé... », entendis-je un jour à la radio belge. « La coalition violette » ? Comment une coalition peut-elle être violette ? Je sais ce qui se cache derrière l'or noir et l'or bleu et aux informations j'ai entendu parler d'une révolution orange, mais une coalition politique est au moins de deux couleurs à l'est du Rhin. Elle peut être rouge et verte (quand le parti socialiste, le SPD, dont la couleur est le rouge et les Verts forment une coalition) ou noire et jaune (une alliance entre le noir de la CDU/CSU, le parti chrétien-démocrate d'Angela Merkel, et le jaune du FDP, le parti libéral) par exemple. Et même quand elle n'a qu'une seule couleur, elle en a toujours deux (si le SPD et Die Linke, la Gauche, gouvernent ensemble, la coalition sera rouge-rouge). Si un seul parti est au gouvernement, on ne peut pas parler de coalition, non ? Cette coalition violette me déroute, mais à la première occasion je demande à des amis étudiants belges de m'expliquer cette histoire. « La Belgique ne fonctionne pas, la Belgique essaye de fonctionner » est la réponse nébuleuse que je reçois. Pour mes interlocuteurs, cette phrase semble tout expliquer, et si j'y réfléchis vraiment et que je repense à la procédure de déclaration de domicile à Bruxelles, je ne peux que l'approuver.

« Mais qu'est-ce que c'est ce violet ? » – je n'en démords pas.

« Ça dépend », me répond-t-on à l'unisson.

« En Allemagne, le vert est toujours vert, mais pas chez vous ? »

« Non, bien sûr que non ! »

Je ne comprends plus rien du tout...

Je me permets de répondre maintenant à la question que j'ai posée au début : oui, la Belgique existe. Encore. En apparence.

Avant que vous n'alliez vérifier dans votre atlas : la Belgique est un peu plus petite que la Bourgogne et compte 10 millions d'habitants.

Mais c'est compliqué. Chaque Belge est simultanément représenté dans six assemblées différentes : il a un représentant au Conseil de la commune dans laquelle il vit, au Parlement de sa région (la Flandre, la Wallonie ou Bruxelles-Capitale) et au Parlement fédéral belge. Pour la plupart des Allemands et des Français, c'est déjà trop. Personne en Allemagne ne sait vraiment à quoi servent tous ces élus. Mais, je vous avais promis six assemblées, alors continuons : quelque part entre les Communes et les Régions, il y a les Provinces et encore un peu en-dessous les Arrondissements qui tous deux représentent aussi les Belges. Cette division administrative est même conservée dans le cas de la Province de Wavre en Wallonie qui n'est constituée que d'un Arrondissement recouvrant la même surface que la Province. Il y a ainsi deux Parlements représentant le même territoire. Logique. La sixième assemblée représentative est celle des trois Communautés linguistiques : une pour le flamand, le français et l'allemand. Les Communautés linguistiques ne correspondent malheureusement pas au territoire recouvert par les trois régions, ce qui rend la chose complexe.

La Belgique est profondément désunie et personne ne s'adresse la parole dans la rue. En fait, il n'y a rien qui puisse faire office de socle commun et servir à unifier l'état. Les dimanches à l'Atomium, on aperçoit parfois des Flamands qui enterrent symboliquement la Belgique. On voit aussi sur les routes beaucoup de voitures qui ont collé un « VL » pour Flandre sur le « B » de leur plaque d'immatriculation. C'est évidemment illégal mais les policiers venant vraisemblablement aussi de Flandre ne se formalisent pas pour si peu. Ce qui est étrange là-dedans, c'est que les Flamands considèrent Bruxelles comme leur capitale, alors que la ville se trouve malheureusement en dehors de la Flandre et ne lui appartient pas non plus. Ça serait comme si la France n'était composée que de la Picardie, de l'Île-de-France et de Paris. La Picardie et l'Île-de-France parleraient deux langues différentes. Ces deux langues seraient toutes les deux parlées à Paris bien que la ville soit ceinturée par l'Île-de-

France et qu'elle n'ait aucune frontière commune avec la Picardie. Mais le conseil régional picard se trouverait quand même à Paris. Vous comprenez ? Il est difficile de diviser un tel pays en deux sans causer d'accidents. C'est pourquoi les Belges sont encore ensembles.

Vous ne serez donc maintenant pas étonnés si je vous dis que la Belgique est le pays comptant le plus de ministres par habitant. La Région de Bruxelles-Capitale a par exemple un ministre qui s'occupe, à côté d'autres activités, de l'agriculture. Oui, Bruxelles a, en tout et pour tout, une exploitation agricole.

Mais vous vous demandez ce que tout ça a à voir avec la coalition violette ? Soyez donc encore un petit peu patient, ça m'a coûté des mois pour le découvrir, vous pouvez donc attendre encore quelques minutes, non ?

Selon la logique belge, les partis politiques doivent exister en plusieurs exemplaires. Il n'y a pas simplement LES Verts, mais les Verts wallons (Ecolo) et les Verts flamands (Groen!), il n'y a pas simplement LES Libéraux, mais les Libéraux flamands (VLD), wallons (MR) et ceux présents sur tout le territoire (Vivant). Ça continue comme ça pour chaque courant politique. De plus, il faut se souvenir de la couleur de chaque parti – une couleur ne peut surtout pas se partager. Pour ne rien gâter du plaisir de l'étranger qui s'intéresse à la politique, les coalitions gouvernementales ne sont parfois même pas désignées par l'ensemble des couleurs des partis au pouvoir, mais par la couleur qui résulte de leur mélange. D'un côté, c'est pratique car une coalition en Belgique aime à compter, en raison de son morcellement, au moins six partis différents. D'un autre côté, ça complique l'histoire car on est obligé de jouer aux devinettes. Le violet pourrait être issu d'un simple mélange de bleu et de rouge, mais si vous y ajoutez du jaune, le résultat est et reste malgré tout violet. Voilà un joli système, non ? Il ne suffit donc pas d'avoir étudié les sciences politiques et l'histoire pour le comprendre. Avant d'essayer de se faire une place dans la politique belge, il faut d'abord suivre des cours d'arts de haut niveau.

D'ailleurs, il va de soi que les nombreux parlements coexistant les uns à côté des autres n'ont pas de compétences clairement délimitées. Les Belges eux-mêmes sont désespérément incapables de répondre quand on essaye de savoir qui fait quoi exactement.

Un exemple typique illustrant la nature des problèmes belges est la dispute à propos des « communes à facilités linguistiques » autour de Bruxelles. Les Belges francophones y ont, pour faire simple, le droit de parler et de voter en français bien que ces communes se trouvent déjà en dehors de la région bilingue de Bruxelles-Capitale, en région flamande. La Flandre veut mettre fin à ce problème et souhaite faire du néerlandais la seule langue administrative au sein de ses frontières. Ce conflit menaça déjà en 2005 de faire imploser la Belgique. L'ancien Premier ministre belge Verhofstadt ne s'était pas rendu à Moscou pour les commémorations officielles des 60 ans de la fin de la Seconde guerre mondiale « à cause de problèmes urgents de politique intérieure ». Il passa en fait des nuits entières à réfléchir à la question des communes à facilités. Un jour, un journal belge titra : « Si vous lisez ça, la Belgique n'existe peut-être déjà plus. » La solution qui fut trouvée à la crise des communes à facilités est typique à la Belgique : le problème ne fut finalement pas résolu mais reporté.

Bien sûr, tout ça a aussi des avantages. Pour le programme télé du soir par exemple. Avant d'avoir regardé ce qu'il y avait sur la RTBF, la Radio-Télévision belge de la Communauté française, sur la VRT, la chaîne publique flamande et enfin sur la chaîne germanophone Belgischer Rundfunk, votre soirée sera déjà bien entamée. Inutile de préciser que ces trois chaînes fonctionnent complètement indépendamment les unes des autres.

Les hommes politiques belges ont parfois de si belles tournures comme « Le pire est la situation, le mieux c'est pour mon parti » de Bart de Wever, président du parti nationaliste flamand N-VA. On voit à quel point le bien du pays est placé au-dessus de tout.

Ce n'est pas étonnant que les Belges, excédés, ne s'intéressent plus à la politique même si le vote est obligatoire et qu'une abstention leur coûte jusqu'à 50€. A la place, ils préfèrent brasser de la bière. La Belgique compte plus de 1000 sortes de bières pour un peu plus de 500 communes. Bien sûr, les régions influencent très fortement la consommation de bière. Ainsi, vous trouverez de la bière flamande dans les bars flamands dans lesquels on ne trouve que des étudiants flamands.

Et le chef du gouvernement belge dans tout ça ? En fait, lui, vous ne pouvez vraiment pas le connaître, il n'existe pas. Aucun gouvernement n'a pu être formé en Belgique entre 2007 ou, selon la version officielle, « seulement » entre 2009 et 2011.

Yves Leterme, qui, comme il l'avoua fièrement dans une interview télévisée, ne connaît pas son propre hymne national, avait été chargé de cette mission par le roi Albert II. Mais, à deux reprises, il lui rendit une feuille blanche. En mars 2008, Leterme réussit tout de même à construire une coalition, mais présenta sa démission au roi quatre mois plus tard, en juillet 2008 (sans succès) et encore une fois en décembre 2008 (avec succès). Le seul candidat prometteur au poste de Premier ministre, Herman van Rompuy, fut aussitôt appelé par l'Union Européenne pour occuper un poste à hautes responsabilités. Cette situation dura jusqu'à la fin de l'année 2011 où un homme au doux nom belge d'Elio Di Rupo est devenu chef du gouvernement. Il resta à la tête de la Belgique jusqu'en 2014, où, sans que les autres pays européens s'en rendent compte, il perdit son poste aux élections. Entre 2007 et 2011, la Belgique n'a alors eu ni gouvernement, ni budget, ni stratégie et n'a nommé aucun nouveau juge ou secrétaire d'état et... malgré tout, elle tient encore debout. C'est un record du monde. Aucun autre pays n'a jamais tenu aussi longtemps sans gouvernement.

Aujourd'hui, le pays est avant tout célèbre grâce à ses pommes de terre. Les frites belges sont les meilleures du monde, ce que les Américains ont eux-mêmes confirmé. Et si elles sont si bonnes c'est parce qu'elles refroidissent toujours entre chaque procédé de friture et parce qu'avant tout, on leur donne le temps de bien cuire.

Pour en finir avec la Belgique, j'aimerais vous raconter une autre petite anecdote : il y a environ 30 ans, les pères de l'Europe se sont retrouvés autour d'une table et ont réfléchi ensemble à un élargissement de l'union européenne étant donné que l'Espagne, le Portugal et la Grèce attendaient sur le seuil de la porte. Ils pensèrent alors que ça serait une bonne idée de limiter le nombre de langues officielles. La proposition faite prévoyait de ne plus utiliser que l'anglais, le français et l'allemand au sein du Parlement européen. Les Danois étaient d'accord, les Italiens étaient d'accord et les Néerlandais aussi. Pourquoi ça n'a pas marché alors ? Les Flamands s'y sont opposés. Si le français devenait langue officielle de la communauté, le néerlandais le devait aussi. Pour les Italiens et les Danois, il n'en était pas question. Et nous voilà soudainement dans une Europe qui possède 24 langues officielles. S'il existe sur cette terre des gens capables de traduire du maltais au finnois ou du hongrois au portugais ou de l'estonien au grec, ces gens-là disposent pour le reste de leur vie d'un monopole absolu et pourront servir le Parlement européen en étant grassement payés.

En conclusion, oui, la Belgique existe. Après tout, on a toujours besoin d'un bouc émissaire.

No Drink. No Friend.

« You need taxi ? »

Je jette un coup d'œil autour de moi. Seul, j'attends debout à la station de taxis. Je vérifie la façon dont je me tiens et constate que, comme durant les minutes précédentes, je m'efforce d'avoir l'air le plus pressé possible. Sous le coup de l'énervement, j'aimerais donc lui rétorquer : « Non, abruti, j'attends que des extraterrestres viennent me chercher ! » Mais ça serait absurde. Premièrement, il ne me comprendrait certainement pas et, en fait, je ne sais pas comment se dit « abruti » en anglais ou en arabe. Deuxièmement, l'offenser n'augmenterait sûrement pas mes chances de partir d'ici dans les prochaines minutes. Troisièmement, je me dis qu'au fond il n'y peut rien si je poireaute là. Visiblement, il veut même m'aider. Quatrièmement, c'est rarement une bonne idée dans les pays du Sud d'hausser le ton contre des locaux qui se montrent amicaux.

Je me trouve actuellement à Amman, en Jordanie, à l'aéroport international ou tout au moins le chaos que les Jordaniens appellent comme ça. La soirée est déjà bien entamée. Les taxis ont apparemment déjà dû finir leur journée. Ou, ici, il n'y a peut-être pas du tout de taxis. Au moins, je ne meurs pas de froid ; c'est le printemps à Amman et il doit faire 20°C.

L'entrée en Jordanie, à elle seule, fut une catastrophe. Pour pénétrer sur le territoire jordanien, il est indispensable d'avoir un visa, ce qui correspond ici à des timbres que le service d'immigration colle à l'envers dans votre passeport contre quelques dinars. Des dinars jordaniens. Pas des euros. Ni des dollars. Ni des livres britanniques ou des lei roumains, ni rien de ce qu'un voyageur a habituellement dans son porte-monnaie. Des dinars jordaniens ! Avant de passer la douane on ne peut en obtenir qu'à un seul guichet de change. Et ce à un taux de change plus que mauvais. L'officier du service d'immigration, qui reçoit de toute évidence la moitié des bénéfices, le sait. L'homme au guichet, qui sait comment bien utiliser son monopole, le sait aussi. D'autres passagers de l'avion le savent aussi et soudoient, avec expérience, l'officier au guichet ou payent le visa avec les dinars qu'ils ont apportés.

Je me retrouve maintenant à la station de taxis avec ma valise qui ne fut étonnamment que peu fouillée. J'ai furtivement évité toutes les offres douteuses qui m'ont été faites dans le hall d'arrivée et il n'y a pas un taxi à l'horizon.

Après un court moment de réflexion, j'accepte donc.

« Yes, Taxi ! »

L'homme fait un mouvement que j'interprète comme une invitation à le suivre. Il faut que j'aille dans un coin, là où il n'y a plus de lumière. Je m'agrippe à mon ordinateur. On démarre et je reste accroché à mon ordinateur. Il est au téléphone. On reste immobile sur un terre-plein au milieu de la route, une voiture s'arrête, on me change de voiture, l'homme de l'aéroport reçoit une commission.

La voiture est vielle, noire et usée, c'est tout ce que je peux voir. Christophe Hondelatte dans « Faites entrer l'accusé » aurait sûrement expliqué qu'il faut retenir le numéro de la plaque d'immatriculation, mais là, je n'avais pas le temps de le faire. D'autant plus que mon arabe est rudimentaire.

Il démarre sans que je ne lui aie rien demandé. Après quelques minutes, je considère que c'est quand même mon devoir de dire quelque chose.

« Hotel Intercontinental please! I have no cash, Credit Card ? »

Il me regarde étonné.

« My name Ramsi. You friend. We go home. No money. »

Je ne suis au moins pas dépassé au niveau de la langue. J'explique à mon drôle de chauffeur que je trouve ça très gentil mais que je préférerais aller à l'hôtel, après tout j'ai fait un long voyage. S'il considère que nous sommes amis, il peut aussi très bien me déposer à l'hôtel gratuitement.

« No. You friend. You invited. We go to my home. Woman cook. You marry sister. »

Je commence à trouver cette histoire intéressante. Il ne va pas seulement me présenter à sa famille, il va aussi me marier à sa sœur. Je pense à appeler mes parents mais il est déjà trop tard en Allemagne et le prix des appels sont si élevés…

Je m'essaye à l'arabe. « *La !* » – ce qui veut dire « non ». Mais Ramsi a l'air de trouver ça plutôt drôle. « *Kalla !* » – ce qui veut dire « non, je ne suis vraiment vraiment pas d'accord ». Aucun résultat.

Quelques minutes s'écoulent ainsi avant qu'on arrive à un poste de contrôle. Des hommes en uniforme lourdement armés regardent dans la voiture, dans le coffre et sous le capot et utilisent des miroirs pour regarder sous la voiture. Ils échangent ensuite quelques mots avec Ramsi. De toute évidence, ils cherchent des explosifs. Finalement nous sommes autorisés à repartir.

« Me no Taxi. No licence. Hotel Interconti 40 Dinar. No Credit Card! »

Maintenant, je comprends tout. Je devais rester calme lors du contrôle et si jamais on me posait des questions, je devais expliquer que nous étions amis. Le fait que je ne le comprenne seulement après avoir passé le contrôle ne joue pas vraiment en faveur de la tactique. Mais il semble par contre que je vais enfin arriver à mon hôtel.

Il m'explique qu'il ne prend pas les dollars mais qu'il m'amènera à un bureau de change au centre-ville.

Presque chaque fois que nous apercevons un bureau de change, il descend et moi, je dois rester dans la voiture. Il revient rapidement, redémarre et cherche un autre bureau de change. Le cours est mauvais, me répète sans cesse Ramsi mais je le soupçonne de ne pas pouvoir se mettre d'accord sur une commission convenable avec le changeur. Au bout du compte, son frère apparaît de je ne sais où sur le bord de la route et je dois lui changer mon argent par la fenêtre.

Finalement arrivé à l'hôtel, j'ouvre à peine la porte que Ramsi redémarre le moteur.

Il ne peut tout de même pas me laisser partir comme ça, nous avons encore quelque chose à clarifier :

« No drink, no friend ! »

L'élite d'aujourd'hui

Qu'est-ce que « l'élite » aujourd'hui ? Et qu'est-ce qui rend élitiste chez les trentenaires actuels ? Je vous propose de chercher des réponses à ces questions lors d'une soirée entre amis et de mener ces recherches sous deux angles différents. Disons que nous fêtons les trente ans d'un ingénieur qui gagne bien sa vie.

Bouchons-nous d'abord les oreilles avec du coton et déplaçons-nous juste avec nos yeux à travers l'appartement. Première chose à savoir, cet appartement est bien sûr situé dans un immeuble ancien et non rénové. Les meubles, pour le peu qu'il y en ait, proviennent directement des encombrants. Quelques vieux bouts de tissus font office de rideaux. Une collection de vinyles reçue en héritage constitue le seul élément visible dans le séjour. L'ingénieur en question ne possède plus de lit depuis qu'il a déménagé mais cet appartement, où il habite en collocation, bien entendu, a au moins ses propres toilettes. Le courrier n'arrive que de manière sporadique. Le quartier est moche. Des couverts IKEA tachés sèchent dans la cuisine. Le chauffe-eau ne marche plus. En ce moment, il n'y a que de l'eau froide. Notons que les invités sont tout aussi intéressants que l'appartement : jeans déchirés, pull-overs détendus et sans marque. Les filles vont apparemment faire leur shopping ensemble au marché aux puces le dimanche. Nos parents, qui eux étaient encore obligés de se rebeller, avaient sûrement l'air pareil à cet âge-là. Mais par manque d'alternative ou par conviction. Ici, c'est un simple hasard. Ou c'est par manque de temps. Visuellement parlant en tout cas, rien ici n'a l'air élitiste. Et ce sont ces gens-là qui doivent un jour être à la tête de notre économie ?

Mais faisons un autre tour ! Bandons-nous cette fois les yeux et traversons la soirée avec les oreilles grandes ouvertes. Ce que nous allons entendre ne correspondra pas forcément à ce que nous avions entendu précédemment...

« Sérieux, l'administration, quoi. J'ai besoin d'un nouveau passeport super vite mais on ne peut le faire qu'*offline*... » – « Nan, nan, j'l'ai pas perdu, j'ai plus de place dessus. Tu sais, je dois aller toutes les semaines au Ghana à cause du projet. » – « Depuis que j'ai changé de job, je prends plus vraiment l'avion en fait. Mais toutes les deux semaines, je vais chez mes parents, en avion bien sûr. La Lufthansa a fini par me nommer 'Senator' – rien qu'en allant chez mes parents, tu te rends compte ! » – « Tu connais le groupe Party-Jetset Oslo sur Facebook ? Ils ont parfois des hôtels pour moins de 300€ le week-end, c'est dingue. » – « C'est le 4S ? – Non, c'est le 4 mais avec une nouvelle coque. – Ah, ok... »

iMac, iDrive, iPad, femme de ménage, Barcelone, histoires d'employés stupides d'une entreprise de restauration aérienne qui ont retardé il n'y pas longtemps une correspondance depuis Londres parce qu'ils ont ouvert la porte de derrière qui était déjà « *in flight* », ce qui a fait s'ouvrir le toboggan de secours... Voilà, entre autres choses, ce qu'on peut entendre en écoutant ces jeunes arrogants, éduqués, courtois et toujours *up to date*. Nos parents n'étaient pas comme ça, si ?

Vous trouverez parfois de la drogue à ce genre de soirée mais seulement après une comparaison détaillée et purement scientifique de son utilisation et de son potentiel nocif. En terme d'alcool, ils boivent ce qui est *in*, mais qui ne l'a pas trop l'air. Plus on reste à cette soirée, plus il devient clair que c'est l'*understatement* qui règne ici.

Le vieux banc en bois qui semble avoir été récupéré aux encombrants a en fait coûté une petite fortune sur eBay. Le tapis rance n'est pas là par hasard, c'est simplement un vrai tapis persan, les vinyles ont soigneusement été dénichés dans leurs éditions originales, les posters ont été accrochés selon les dernières connaissances en matière de Feng-Shui et leur couleur était déjà aussi passée quand ils ont été achetés la semaine dernière. Bah, ça c'est pas un poster, c'est une impression originale de 1971 !

Ah, et cet immeuble, il l'a acheté bien sûr. Et celui d'à côté aussi. Le non-rénové dégage un rendement d'un pour cent supérieur au rénové. Tout a été minutieusement calculé. Elle existe donc encore, l'élite. Il suffit de tendre l'oreille avec attention pour la trouver.

L'accident

Un texte de JP Bouzac

Fin avril 2004

Je suis au bureau quand sonne le téléphone. C'est ma femme qui m'annonce affolée : « Tu as reçu une lettre de la police berlinoise. Une plainte a été déposée contre toi. Tu aurais provoqué un accident de la circulation et pris la fuite ! »

« C'est une blague ? »

« Oui et non, j'ai téléphoné à la police et demandé des explications. Il y a une semaine, jeudi ou vendredi, en te garant près de la station de métro, tu as vraisemblablement endommagé une autre voiture. Le propriétaire a appelé la police qui a fait un rapport et prélevé des échantillons de peinture sur les deux véhicules ».

« ???... »

Après avoir quitté le bureau et traversé Berlin en une bonne heure de métro aérien comme tous les jours, je quitte la station à grands pas et me dirige vers ma voiture. Il pleut et la nuit tombe. Ma voiture est une vieille voiture au destin banal. Elle en a vu de toutes les couleurs : autres voitures, murs peu prudents, rayures à la clef par un artiste urbain inconnu... Il a beaucoup plu ces derniers jours et ma voiture est sale. Pourtant, aucun doute, le coin droit du parechocs avant est rayé sur plusieurs centimètres. Le vert mare au diable de l'Opel s'est métissé avec un blanc sale pour dessiner un calligramme dont la signification m'échappe.

A la maison, pendant le dîner, un seul sujet, « l'accident ». Je ne me souviens de rien. Mais il est probable que j'ai touché le véhicule garé devant moi en reculant. C'est une route défoncée, bordée par un trottoir qui a dû servir pendant quarante ans de champ de tir aux blindés du grand frère. On se gare à cheval sur ces deux victimes de la planification. La bordure du trottoir est formée de blocs de granit disjoints. Le trottoir est planté d'arbres, de barres de fer et d'herbes folles. Dans ces conditions, un parechocs amoureux a vite fait de voler un baiser à son prochain. Me trouvant trop lyrique, ma femme décide de remplir à ma place le formulaire envoyé par la police. Elle s'efforce de rester « sachlich », de s'en tenir aux faits, à la prussienne. C'est que je suis étranger et viens de commettre un crime. N'allons pas en rajouter.

200,55   0,00   0,30

Mai

Deux semaines plus tard, me voilà convoqué au bureau des accidents de la police berlinoise. Les formalités de contrôle d'identité me rappellent le bon temps passé à la caserne, non loin de là. Sauf qu'ici les grilles sont plus hautes. Et que je fais partie des méchants. Le policier qui s'occupe de mon cas, M. Schmidt, est aussi poli et souriant que sa fonction lui permet. Après avoir rempli ensemble un long formulaire dans lequel rien n'est passé sous silence, pas même mes racines africaines (lesquelles remontent pourtant à 100 000 ans avant JC, d'après la chronique familiale), nous nous intéressons à « l'accident ». C'est aussi comme cela que la loi allemande définit la chose comme me l'explique M. Schmidt. M. Schmidt ne doute pas de mes dires. Ou du moins ne le montre pas. Est-il vrai que je suis « Doktor » ? C'est écrit dans le formulaire rempli par ma femme. Les french doctors ne font pas partie de sa clientèle habituelle. Peu avant la fin de l'entretien arrive la question piège :

« Se pourrait-il que vous ayez commis ce crime consciemment ? En France, le fait de rayer un parechocs en se garant n'est pas un délit... » *Et même considéré outre-Rhin comme une sorte de sport national aussi français que le camembert (C'est moi qui complète inconsciemment).*

Je prends mon air le plus sérieux, dans lequel je me sens un peu à l'étroit. Car ce dernier passe le plus clair de son temps dans l'armoire... et parce que j'ai dû prendre du poids depuis la dernière fois..., et lui annonce : « J'habite dans ce (beau) pays depuis 18 ans et connais les us et coutumes ».

M. Schmidt tape sur son clavier tout en énonçant à voix haute et neutre à la fois :

« J'ha-bi-te de-puis 10-8 ans en A-lle-ma-gne et sais co-mment me com-por-ter en cas de dé-lit »

J'ai toujours préféré Kafka à Goethe. Allez savoir pourquoi. Ayant accepté de collaborer avec la police, j'apprends que je ne risque qu'une amende pour avoir provoqué un accident de la route, une autre amende pour délit de fuite et que je devrais rembourser la réparation du véhicule endommagé. Aux dires du plaignant, les frais de réparation s'élèveraient à 600 – 800 €.

Me raccompagnant dans la rue, M. Schmidt, ayant compris qu'il avait affaire à un débutant, me conseille de contacter M. X., propriétaire du véhicule accidenté, pour lui proposer un règlement à l'amiable. La plupart des victimes se contentent d'une indemnité et ne font rien réparer, me confie-t-il.

300,79   0,00   0,30

Peu après, j'appelle M. X. Il est très gentil et compréhensif. Il me dit que les dégâts sont minimes. Tellement minimes qu'il croit bien que je n'ai rien remarqué. Qu'il se demande s'il est bien nécessaire de faire réparer. « Qu'en penses-tu chérie ? » demande-t-il à sa femme, qui s'affaire dans la cuisine. Sa femme pense qu'il faut absolument réparer. Il est désolé, le brave M. X. C'est qu'il faut démonter le parechocs et la boule d'attelage. Ceci explique le prix du devis. Qui pourrait paraître élevé.

Juin

Depuis un mois, la rue Karl Marx, lieu du crime, est en travaux. C'est la raison pour laquelle je me suis garé ailleurs. Un soir, revenant d'un spectacle, nous empruntons la rue en question. « Regardes ! » dit ma femme. « Un minibus VW blanc. C'est ce qui est indiqué dans le courrier de la police ! » Nous freinons et observons les dégâts : une rayure noire d'environ 4 cm de long et 1 cm de large. Pas beau en effet. Ma femme est en colère. « 600 à 800 € pour ça ? » Comme par hasard, à partir de 1 000 €, un expert est envoyé d'office.

Le lendemain matin, un samedi, je me rends dans la rue Karl Marx, armé d'un appareil photo. Je fais un reportage sur le parechocs arrière du minibus blanc. Surprise ! Vu de près, le pare-chocs est plein d'éclats, de rayures. La plus terrible de ces blessures, bien plus grande que les « dégâts causés par l'accident », se trouve sur le côté droit. Et une main maladroite a essayé en vain de la masquer avec un peu de peinture. Arrive M. X., promenant une poussette vide sur le trottoir (n'ayant pas d'enfant, je ne savais pas qu'il faille promener sa poussette comme un chien). Visiblement pas enchanté de me voir jouer les reporters amateurs. Nous nous quittons après une brève discussion pas vraiment chaleureuse. L'assassin revient toujours sur les lieux du crime. Un gamin de quatre ans sait ça. Pas la peine d'en faire une jaunisse. C'est vrai que, maintenant, se pose la question de savoir qui est l'assassin.

300,79   0,00   10,60

Le lundi suivant, je téléphone à la police et à mon assurance pour les informer de ma tardive découverte. M. Schmidt est désolé. Un état décidément très répandu. Pour lui, le cas est réglé. Mon sort est entre les mains de l'avocat général. Très vraisemblablement, on ne retiendra pas contre moi le délit de fuite. Vive la collaboration avec les autorités ! Mon assurance s'inquiète et charge un expert d'étudier la question en détails.

Dix jours plus tard, reconstitution du crime. La route est bloquée pendant une heure. J'arrive très en retard au bureau. Ma chef parisienne, apprenant la raison de ce retard, s'exclame au téléphone : « Si c'était comme ça à Paris, je passerais tous les matins au commissariat ! » Ce n'est donc pas une légende... Pour ne rien vous cacher, je suis originaire de la campagne profonde et ai appris à me garer en Allemagne, à l'allemande.

L'expert avait pris tout son temps et plus de photos que s'il avait eu Claudia Schiffer comme modèle. Le moment le plus dramatique de son intervention fut sans conteste le moulage des blessures à l'aide d'une mystérieuse pâte de caoutchouc. Dans un silence impressionnant. Opération à cœur ouvert et en eurovision ? Recollage des parties manquantes de la Vénus de Milo retrouvées par hasard dans une poubelle du Caire ? Rien de tout ça. Seulement deux minables pare-chocs en plastique laqués comme des canards à la pékinoise. Une géniale invention de l'industrie automobile. Une de plus.

M. X., pourtant pas bavard, se crut obligé d'expliquer à l'expert l'origine des nombreuses rayures. Il construit une maison et se sert de son minibus pour tout transporter. Quand le chantier sera fini, il faudra bien remettre le véhicule en état. Non, cette dernière phrase n'est pas de l'aimable M. X.

Les bouts de caoutchouc, une fois secs, sont photographiés sous tous les angles, décollés avec le plus grand soin, emballés précieusement. Ils serviront à la « reconstitution tridimensionnelle sur ordinateur ».

300,79   1112,32   10,60

Juillet

Deux semaines s'écoulent. L'été est enfin arrivé. La lettre de l'avocat général aussi. On me fait une proposition fort généreuse : contre la modique somme de 300 €, on m'assure que l'affaire sera classée. On a décidé que j'avais bel et bien provoqué un accident (sans préciser s'il y avait eu préméditation ou non) et laissé les victimes à leur triste sort. Malgré tout ça, ce crime ne sera pas inscrit dans mon casier judiciaire. Quelle grandeur d'âme !

567,35	1112,32	310,60

Août

Encore quelques semaines d'un été décidément mal parti pour le livre des records et l'assurance m'envoie une lettre en recommandé. Il y est indiqué que, comme il est acquis que je me suis conduit de manière criminelle, l'assurance, conformément aux paragraphes 5, 6a, 27, 312 de la loi XYZ et à encore plein d'autres paragraphes tout aussi célèbres, ne paierait rien. Et hop, une bonne chose de faite. Ma femme, encore elle, a ouvert la lettre et n'en croit pas ses yeux. Après quelques conversations téléphoniques étonnantes (« nous ne sommes pas un bureau de conseil juridique », s'entend-elle dire par une voix sûre d'elle) avec notre assurance (c'est la même pour nos deux voitures et la brouette du jardin), elle finit par apprendre les résultats de l'expertise non mentionnés dans la lettre aux moult paragraphes.

Il est maintenant prouvé que je suis bien le responsable de « l'accident ». Au moins, je ne vivrais plus dans l'incertitude. Et que l'estimation de la victime pour la réparation des dégâts est trop élevée. C'est que les 600-800 € annoncés à la police sont entre-temps passés à 1 700. Dommage que les rares actions que nous possédons, ma femme et moi, ne se soient jusque-là pas inspirées de cette formidable évolution.

La loi est pour une fois très claire et particulièrement incontournable. Je dois payer. Pire, je ne dois rien dire. J'écris une lettre à l'assurance pour leur demander de bien vouloir faire valoir leur expertise. Ce qu'ils ne sont pas du tout tenus de faire. Ils ont droit à un récit épique en une page (la version longue, mesdemoiselles, mesdames et messieurs, je l'ai gardé pour vous). Et d'une information en partie inédite : dix ans chez eux sans le moindre accident, 25 ans de conduite sans la moindre trace de délit de fuite. Jusqu'à ce fameux jour où la justice allemande a résolu un cas délicat (un délit-cas ?), le mien. Une croix (positive) pour les statistiques, ça n'a jamais fait de mal à personne. En plus, c'est bon pour l'avancement. Et me voilà criminel, menteur qui plus est, français. Merci Berlin ! La prochaine fois que les Soviets te couperont en deux, j'y réfléchirais à deux fois avant de repousser hors des murs – au péril de ma vie – ces sauvages mangeurs de petits enfants (Désolé pour ce bref moment de déprime, c'est promis, cela n'arrivera plus).

| 567,35 | 1212,67 | 355,98 |

Septembre

Les semaines passent, l'été commence à se refroidir. Et voilà qu'arrive la réponse de l'assurance. Après réflexion et la voix pétrie d'émotion, ils nous annoncent solennellement qu'à la lecture de ma lettre, ils ont changé d'avis, qu'ils font une exception et que je suis à nouveau couvert. Une victoire morale qui nous fait très plaisir, à ma femme et à moi. Et qui ne devrait pas coûter bien cher à nos bienfaiteurs. C'est que, si l'on tient compte de leur expertise, la somme finale ne devrait pas dépasser de beaucoup la franchise. Mais ce devrait être une économie réelle pour moi. Et puis, je viens de quitter le clan des malotrus pour rejoindre celui des pigeons…

| 567,35 | 1277,35 | 355,98 |

Février 2005

Après de longs mois de silence et quelques appels téléphoniques inutiles, nous apprenons enfin que l'affaire est classée. La victime a touché 337,67 €. Ce qui ne doit pas complètement répondre à ses attentes. Depuis longtemps, le chantier est fini et le minibus réparé brille de tous ses feux. Sa blancheur immaculée est du plus bel effet dans la rue enneigée.

<u>567,35</u>   <u>1297,35</u>   <u>693,43</u>

Bilan final

La première somme (estimation résolument objective) informe sur le coût de l'accident pour les pouvoirs publics, la seconde pour ma chère assurance, la troisième, pour l'assassin, enfin, le criminel, c'est-à-dire moi, au cas où vous auriez oublié !

La somme totale s'élèverait à 2558,11 €, soit plus de 800 € par cm de rayure et environ 7 fois le coût estimé de la réparation.

Et voilà la chose :

Un inapte à l'armée

« Si votre test d'aptitude avait été mené correctement, vous ne devriez même pas être ici ! »

« Oh, ça veut dire que je peux rentrer chez moi et aller à l'université maintenant ? »

Jamais encore, je n'avais vu quelqu'un rire autant... Ça veut clairement dire non.

Nous nous trouvons à Ueckermünde, un petit village tranquille de dix milles âmes bordé par la mer baltique et la Pologne. Quand on effectue son service militaire à l'aube du vingt-et-unième siècle au bord de la lagune de Szczecin, Ueckermünde semble presque être une mégapole. En ce qui me concerne, je suis logé dans une caserne à côté d'Eggesin. Depuis quelques jours. Eggesin compte 5.000 habitants dont 4.000 dans la caserne. Le village en lui-même se constitue d'un bordel et d'un magasin de bricolage. Il y a quelques mois, j'ai passé l'évaluation d'aptitude militaire dans mon Brandebourg natal, au bureau de recrutement de Fürstenwalde. Tout le monde connaît les blagues sur les tests d'aptitude de l'armée mais ce qu'on ne sait pas c'est que dans la vie réelle tout se déroule encore moins bien et de manière encore plus dégradante.

Lors de mon évaluation, j'ai très clairement attiré l'attention des médecins sur mon passé médical. Peut-être un peu trop. Les médecins en charge de l'évaluation, il y en a au moins deux, ont trouvé ça amusant et l'ont avant tout interprété comme une tentative bien trop évidente pour échapper à toute cette histoire de service militaire. On ne pouvait manifestement lire aucune motivation sur mon visage. J'avais en fait le choix entre dix mois de service militaire ou treize mois de service civil – les durées des deux services ne furent égalisées que plus tard. Pour au moins ne pas risquer de retarder d'encore un an mes études, j'ai préféré le service militaire. J'avais déjà reçu une place à l'université et j'aurais bien aimé l'accepter mais je fus déclaré apte au service militaire. Apte de niveau 2[4], en raison de mon rhume des foins. Oui, un rhume des foins. A cause de ça, on est hors-jeu pour les missions les plus palpitantes : on ne peut piloter aucun avion, on n'a aucune importance, on ne sert pas de traducteur lors d'exercices internationaux. On peut simplement courir sur des champs et on a le droit de stopper les chars ennemis à main nue. Ou bien, à l'instar de toute l'armée allemande en l'an 2000, on ne fait... rien.

A peine arrivés à la caserne, nous avons été soumis à une visite médicale. D'un côté, c'est compréhensible, car la Bundeswehr essaye de se prémunir contre tous ceux qui affirment être tombés malades ou être devenus handicapés pendant leurs années de service. D'un autre côté, ça aurait été utile de m'avoir aussi bien passé au crible et ausculté avant

---

[4] Les soldats de la Bundeswehr, l'armée de la République fédérale d'Allemagne, se voient attribués un niveau d'aptitude au service militaire qui varie du niveau 1 le plus élevé au niveau 7 le plus contraignant par rapport aux missions confiées aux soldats.

l'appel à l'armée. En effet, si tel avait été le cas, je n'aurais de toute évidence pas été là.

« A partir d'aujourd'hui vous êtes considéré comme apte au service mais fortement limité dans la formation militaire initiale. Vous n'êtes plus qu'apte au service de bureau maintenant. Vous comprenez ? »

« Euh, en fait, non. »

« 7, votre niveau d'aptitude est le 7, voilà. Vous devez faire attention. Vous devez aller voir le sergent responsable de votre compagnie et lui en faire rapport. Vous n'avez pas le droit de faire ça ! »

« Ça ? Qu'est-ce que je ne dois pas faire ? »

« Etre apte de niveau 2 ! »

« Pourquoi ? »

« Vous n'avez plus le droit de participer à de nombreux exercices. La Bundeswehr est responsable de vous et vous doit le versement de dommages et intérêts s'il vous arrive quelque chose. Ce qui est mieux pour vous, c'est d'aller vous faire conseiller à la première compagnie. »

Je n'avais pas la moindre idée du fonctionnement de la Bundeswehr, ni de loin ni de près. Et ça ne m'a jamais intéressé. Ce que je voulais, c'était simplement m'en aller rapidement d'ici.

J'avais compris que quelque chose avait changé. Mais je ne savais pas encore quoi exactement. Toutes les personnes concernées avaient de toute évidence peur que je les poursuive en justice.

De retour à ma caserne, je voulais aller faire mon rapport et donner la lettre qui m'a été remise (malheureusement fermée). Trop tard, quelqu'un avait déjà dû transmettre l'information par téléphone ou par fax – les e-mails n'avaient pas encore trouvé leur place au sein de la Bundeswehr.

« Qu'est-ce que vous avez encore fait ? » me cria-t-on dessus en guise d'accueil. Jusque-là, je n'avais pas eu l'impression que quelqu'un sache qui j'étais. "Canonnier Spietweh, voulez-vous bien vous asseoir ? » Ça, c'était déjà nouveau.

« Vous êtes de niveau 7, c'est ça ? Comment ça se fait que vous ayez commencez votre service alors ? »

« Euh... alors, oui, quand... ce matin, j'étais encore de niveau 2. »

« N'importe quoi. Vous avez toujours été inapte. »

Ma foi, les compliments sont moins méchants normalement.

« Votre jambe n'est pas trop courte que depuis ce matin ! »

« Mais ça ne fut pas remarqué lors de l'évaluation d'aptitude. »

« Pas remarqué ? Vous voulez dire que le médecin-capitaine de l'évaluation est un incapable ? Deux centimètres. Ça se remarque tout de même. Vous l'avez caché lors de l'évaluation et vous voulez vous faire du fric ici. Mais ça ne marchera pas avec nous ! »

D'un seul coup on me faisait porter le chapeau mais il n'y avait vraiment rien qu'on puisse me reprocher. Les abrutis de l'évaluation d'aptitude s'étaient moqués de moi.

A partir de maintenant, j'étais complètement exclu et sans pitié vis-à-vis de mon régiment dans lequel ne s'étaient retrouvés que de très jeunes garçons pas très cultivés et qui venaient tout juste d'arrêter leur formation professionnelle. Pour eux, l'armée était une vraie chance. Pour moi qui voulais étudier, ce n'était rien d'autre qu'une perte de temps. Nous ne pouvions difficilement être plus différents.

5 heures du matin. Réveil. Tous mes camarades, tirés à quatre épingles dans leur uniforme, font des tractions sur ordre de l'instructeur et essayent de l'impressionner. Moi, je ne fais rien. Je n'ai pas le droit de faire de tractions. Je ne dois pas non

plus rester debout pendant longtemps. Ils partent ensuite en bivouac. Ce départ signifie pour moi : retourner me coucher. Tandis que les autres se préparent à marcher des heures avec leurs sacs à dos hyper lourds, je retourne dans mon lit. Je n'ai pas le droit de marcher. Je n'ai pas le droit non plus de porter des charges lourdes. Quelques heures plus tard, on vient me chercher en voiture pour m'amener le plus près possible du bivouac. Quelqu'un porte mon sac à dos à ma place. Une autre recrue monte ma tente. Mon arme reste auprès de l'instructeur jusqu'à ce que je me sois déplacé au champ de tir. Porter une arme, c'est trop lourd pour moi.

Le lendemain matin, nous sommes réveillés encore plus tôt. On s'excuse auprès de moi mais on crie sur les autres. Le capitaine nous explique que le chancelier l'a contacté. Le Carré du Nord a déclaré la guerre à l'OTAN, l'état d'urgence a été déclenché, nous devons sauver la République fédérale d'Allemagne, l'OTAN et le monde. Le chancelier est maintenant notre commandant en chef et, toujours dans l'histoire de notre capitaine, nous nous mettons à chanter notre hymne national. Nous devons nous attendre à subir de lourdes pertes jusqu'à ce que nous recevions des armes lourdes. Je ne peux pas m'empêcher de rigoler et de gâcher ainsi la joyeuse ambiance. Pour la peine, j'ai le droit de faire encore moins de choses. Je n'ai plus le droit de conduire que sur des routes droites, enfin je ne peux pas vraiment conduire, je dois être conduit. Je n'ai le droit de tirer qu'en étant allongé mais le plus simple c'est que je reste assis à mon bureau. Après deux mois de formation militaire initiale, je dois effectivement rester collé au bureau du sergent pour deux mois supplémentaires. Je lis tous les jours trois journaux quotidiens et je vais chercher le courrier à la poste en voiture en passant par la propriété de la caserne avec mon véhicule personnel, ce qui est à la limite de la légalité. Arrivé à la poste, je me gare sur la place réservée au général parce qu'il n'est jamais là et que je ne veux pas être trop loin de l'entrée du bureau de poste. Je n'ai absolument pas le droit de me garer là mais du coup c'est amusant. Après quatre mois au total, je suis enfin muté à Berlin « pour raisons sociales ». En réalité, on ne peut plus me supporter et le général a aussi besoin de sa place de parking de temps en temps.

Pendant mes six mois à Berlin, c'est l'entière absurdité de l'existence humaine qui se joue devant mes yeux. Je dors chez moi. L'armée économise ainsi de l'argent (ni lit, ni petit-déjeuner à fournir) et s'épargne des risques inutiles (je ne peux pas tomber dans les escaliers en allant aux toilettes la nuit à cause de ma jambe trop petite). Je n'obtiens même pas d'arme, par sécurité. Le sergent de la caserne est mon chef. C'est en fait une sorte de concierge. On l'informe des gouttières cassées et des canalisations bouchées et il appelle les ouvriers correspondants. La caserne est dans un si mauvais état qu'il doit y consacrer tous les jours une bonne heure de travail incluant le ménage dans les chambres d'invités qui est également à notre charge. Une heure de travail, divisée par quatre personnes. Heureusement, le printemps est arrivé. Assis au bureau avec moi, un sergent qui est presque arrivé à la fin de ses douze ans de service au cours desquels il a dû gagner au moins 30 kilos m'a pris sous son aile. Je l'accompagne tous les jours au supermarché. On s'y rend avec une voiture de l'armée, bien entendu. Nous y achetons du collet de porc et de la bière berlinoise. Tous les jours. Vers midi, le barbecue est prêt. A 16 heures, tout le monde est repu et bourré. Quand il pleut, je joue au solitaire et je me rends compte des histoires que mes parents m'ont racontées à propos du service militaire de mon père au sein de l'armée de la concurrence, l'armée nationale populaire de la République Démocratique Allemande. Il n'eut qu'un seul week-end de libre. Il avait toujours quelque chose à faire. J'ignore comment la Bundeswehr aurait pu tenir debout, surtout les week-ends, avec des soldats ventrus, sans armes et inaptes, tout comme j'ignore pourquoi les services secrets bien organisés de l'Est ne l'ont pas remarqué. Mais après tout, je suis reconnaissant de ne pas être âgé de dix ou quinze ans de plus. Ni un jour plus jeune. Douze jours après la fin de mon service militaire, le 11 septembre 2001, la Bundeswehr a arrêté les barbecues.

Archéologie : mise à jour d'un site religieux hors du commun ?

+++ Dépêche +++ Selon un communiqué publié aujourd'hui, des archéologues ont découvert à côté de l'ancienne cité allemande de Dortmund les vestiges de ce qui pourrait être un lieu de culte majeur du début du troisième millénaire avant notre ère. Ce lieu de culte était apparemment utilisé lors de la Grande Catastrophe, après laquelle il fut relativement bien conservé. Il s'agit pour être précis d'une sorte d'amphithéâtre seulement connu jusqu'à aujourd'hui sur les sites archéologiques de la péninsule bottine, datant eux d'une époque bien plus lointaine. Les restes parfaitement conservés d'environ vingt individus ont pu être mis à jour par les archéologues. D'après les premières recherches anthropologiques, ces individus auraient participé à la célébration d'un événement religieux avec le public présent dans les tribunes de l'amphithéâtre. Ces dernières ont malheureusement été fortement endommagées lors de l'effondrement et n'ont pas encore été complètement déterrées. Jusqu'à présent, on ignore si les vingt individus découverts officiaient tous en tant que prêtres. Les archéologues sont par contre sûrs qu'il s'agit exclusivement d'hommes qui, sans exception, ont tous été suppliciés ; une substance liquide pigmentée leur a manifestement été injectée de manière ciblée sous la peau des deux bras. Sur certains individus, ces traces sont également présentes à d'autres endroits du corps. Parmi les motifs qui furent ainsi dessinés, les archéologues ont identifié à plusieurs reprises des croix, une forme qui avait déjà été retrouvée sur d'autres sites archéologiques religieux. A l'heure actuelle, aucune analyse définitive de ces motifs n'a été formulée. Il n'a également pas encore été déterminé s'il existait un lien entre la présence d'un dessin sur le torse d'un individu et sa position hiérarchique. Des habits appartenant aux prêtes ont également été découverts en bon état de conservation. Ces trouvailles s'accompagnent elles-aussi de quelques nouvelles énigmes à résoudre. Les tuniques, existant en rouge et en jaune, ont en effet été confectionnées à partir d'une matière synthétique jusqu'ici inconnue sur terre, tout comme les douzaines de balles présentes sur le site et qui pourraient avoir été utilisées comme symboles religieux. Cette découverte alimente à nouveau les théories selon lesquelles les hommes auraient été en contact avec des formes de vie extra-terrestre avant la Grande Catastrophe.

Les anthropologues supposent que de grands rassemblements humains avaient régulièrement lieu en période religieuse dans le but de rendre hommage à un ou plusieurs dieux que les hommes tenaient responsables de leur destin.

La pièce la plus chère

« 1200 € ? Pour les deux, n'est-ce pas ?! »

« Nan, nan, malheureusement nan. Ce sont des matelas de qualité, *made in Germany*. Intégralement anti-allergéniques. »

C'est déjà ça, pour ce qu'ils coûtent, au moins ils n'ont pas d'allergie...

« Et il y a le lit avec ? »

« Mon cher Monsieur, si vous voulez dormir dans une chambre digne de ce nom, vous devez quand même investir un peu. C'est la pièce la plus chère de la maison, vous savez ! »

« Ah bon ? »

« Oui, c'est logique après tout. Dites-moi, combien de temps passez-vous donc dans votre lit ? »

« Euh... eh bien... environ 7 heures ? »

« EXACTEMENT ! Vous voyez ! Et dans votre cuisine ? »

« Mmh... Oui, là, vu comme ça, vous avez évidemment raison ! »

Et voilà ! Une chambre en chêne massif de vendue ! Sans oublier les matelas sur lesquels les drapeaux du pays producteur ont été collés dans le plus grand format possible pour bien mettre en avant leur qualité.

Les matelas, tout comme les échelles, appartiennent, soit dit-en passant, à ces objets qui ne viennent que rarement d'Asie. Ils sont gros et légers à la fois. Le container est donc rapidement plein mais avec peu de contenu. Le transport depuis l'autre bout du monde n'est tout simplement pas rentable. Cet état de fait est exploité à fond par les professionnels des matelas et des échelles.

Oreillers et couettes, également anti-allergéniques et coûtant plus de 200€ pièce, viennent s'ajouter à la liste de nos achats. Vous comprenez, ils font un petit crépitement trop mignon quand on les secoue. En modèles été et hiver. Housses et draps, dans la même gamme de prix si possible et faits avec un tissu qui respire mais qui ne soit pas trop glissant se retrouvent aussi dans notre caddie. Puis, on prend deux housses de couettes de rechange, non trois c'est mieux en fait, au cas où l'une soit trop usée, ou que la machine à laver fasse la grève, ou que l'hiver soit sibérien et qu'on ait besoin de deux couettes en même temps ou qu'elle que puisse en être la raison. Il nous faut ensuite trouver de la peinture respirante, naturelle et sans produit chimique. On se fait conseiller par une architecte d'intérieur. On a aussi besoin d'une lumière si possible discrète mais pratique à la fois et qu'on puisse allumer et éteindre depuis le lit, de fenêtres isolant du bruit et de rideaux épais. La pièce la plus chère de la maison, c'est le cas de le dire, non ?

Changement de lieu. Au magasin spécialisé en salles de bains :

« Non, on ne fait plus rien en plastique aujourd'hui, maintenant tout est en verre véritable avec revêtement à effet lotus. Bien sûr, ce n'est pas donné, mais c'est fondamentalement beaucoup plus simple à entretenir. Pour votre femme, vous êtes bien prêts à vous offrir ça ? »

Je ne sais pas depuis quand exactement chaque vendeur est formé aux méthodes de ventes les plus subtiles mais, si vous refaites un jour votre appartement ou votre maison, vous remarquerez qu'ils utilisent vraiment ce genre d'arguments. Qu'est-ce qu'on peut bien leur répondre : « Non, espèce d'idiot, donne-moi du plastique, ça coûte cinq fois moins cher et je m'en fous que ça soit plus dur à nettoyer » ? Non, on ne dit pas ça. Surtout pas quand la femme en question est à côté de vous, ce qui est le plus souvent le cas quand vous achetez des meubles. Il nous reste encore à choisir une robinetterie haut de gamme, une douche de type panneau de pluie encastré dans le plafond, un éclairage LED, un miroir à maquiller avec sa propre prise électrique et un carrelage moderne de 30 cm sur 60 cm.

Ce carrelage de grande taille a certes l'air super joli et semble être le nec plus ultra du carrelage contemporain mais il est vendu exactement comme du carrelage traditionnel, c'est-à-dire au mètre carré. Sa découpe est plus longue et délicate, sa tolérance aux fautes beaucoup plus petite car si on en laisse tomber un carreau, s'il s'en casse ou tord un dans le carton, c'est un demi-mètre carré qui est perdu de suite.

« Mais, la salle de bain est la pièce la plus chère de la maison, vous savez. C'est bien connu. Il y faut quelque chose de vrai, de concret, de solide sinon tous les matins en se levant on s'énerve encore et encore en allant dans sa salle de bain ! Ce sentiment que vous procure du carrelage haut de gamme, ça n'a pas de prix... Où en étions-nous ? Un radiateur-sèche-serviettes de

1m80 ? Sinon vous ne pouvez pas y accrocher votre serviette de bain... »

Changement de lieu. Chez le cuisiniste :

« Ça ? Non, non, non, ce n'est pas ce que vous voulez. C'est juste du plastique bon marché. Touchez-moi ça plutôt ! Vous sentez la différence ? »

« Et le plan de travail ? C'est sûr que je pourrai retrouver le même en magasin dans cinq ans ? »

« Dans cinq ans ? Cinq ans ? Non, aujourd'hui on fonctionne par collection, comme dans la mode. De nouveaux plans de travail vont arriver cet hiver et ils seront différents de toute façon. Ce modèle ne vous plaira peut-être même plus dans cinq ans. Et si c'est le cas, on vous changera votre plan de travail. Oui. Regardez ça... Ah ah, vous avez mis la main sur le bois naturel. Oui, c'est un bois très noble. Mais il a son prix bien sûr. Vous devriez faire poser une table de cuisson haut de gamme avec, sinon ça ne rend rien. Non. »

« Et ce réfrigérateur là en promotion ? »

« Oh, ça, ce n'est rien ! Pour le genre de cuisine que vous désirez, vous devriez faire installer une cuisine intégrée. D'ailleurs, ce frigo est en promotion parce que c'est un ancien modèle. Donc, ici, voilà ce à quoi ressemble un réfrigérateur aujourd'hui. Tous des Siemens, bien entendu. Classe d'efficacité énergétique A++, pour l'environnement aussi, on devrait bien être prêt à investir un peu. »

La voilà, à nouveau, la subtile et sournoise technique de vente.

« Oui, mais, vous savez, de toute façon, la cuisine, c'est la pièce la plus chère de la maison. On ne devrait pas se préoccuper de combien on dépense, c'est ce que je dis toujours. »

Changement de lieu. Au magasin d'électronique :

Préparé de la sorte, c'est presque une partie de plaisir d'aller au magasin d'électronique le plus proche. Car ce qui est pour moi, l'élément le plus précieux dans un logement, c'est-à-dire, l'ordinateur portable, la télévision et le home-cinéma, même dans les gammes les plus chères et performantes, ne soutiennent pas la comparaison avec le carrelage de la salle de bain, les matelas ou la cuisine intégrée.

A vrai dire, les voleurs feraient mieux de s'attaquer au carrelage des salles de bain !

Vous déménagez quand ?

« Vous déménagez quand ? », me demande la dame du service déménagement de mon opérateur téléphonique.

Va-t-elle trouver la date que je vais lui donner trop proche ou bien trop lointaine ? Je n'en sais rien mais un jour ou l'autre on doit bien quitter la Belgique. En comparaison avec le chaos bureaucratique de mes démarches administratives, tout a toujours étonnamment bien fonctionné pour ce qui est du téléphone et d'internet. En deux temps trois mouvements tout était réglé : il suffisait d'aller au magasin, d'expliquer ce qu'on cherchait, de payer, d'emporter le box, de le brancher, et voilà. Mais, ÇA, en Allemagne, ça ne se passe pas vraiment pareil.

« J'aimerais déménager le 1er novembre ! »

« Mais c'est un jour férié Monsieur, on ne peut pas déménager un jour férié ! »

« Alors, premièrement, c'est à moi de choisir quand je déménage et, deuxièmement, à Berlin ce N'EST PAS un jour férié ! »

« Ah bon ? Je croyais pourtant que c'était férié dans le Bawu[5]... »

Elle a vraiment dit « Bawu »... Et le fait qu'elle considère Berlin comme faisant géographiquement partie du « Bawu » ne présage rien de bon...

« Oui, mais à Berlin en tout cas ce n'est pas un jour férié ! »

« Bien. Dans ce cas là votre ligne téléphonique devrait pouvoir être mise en service... C'est une bonne chose que vous appeliez aussi tôt. Il ne reste plus que deux mois. Attendez, je regarde si... ok... alors... Donc, un technicien doit venir chez vous. Mais il ne se déplace pas les jours fériés. »

---

[5] Bawu : abréviation familière pour Bade-Wurtemberg, land situé au sud de l'Allemagne, à la frontière avec la France

« Ce n'est pas un jour férié. »

« Ici, si ! »

« Oui oui, mais pas à Berlin. Bref, ensuite ? »

« Alors, d'après mon logiciel, je ne peux pas prévoir de technicien pour la Toussaint ! »

« Bon, eh bien, faites le tout de même venir le 2 novembre ! »

« Et ça vous conviendrait ? Je veux dire, vous emménagez pourtant le 1er novembre ? »

« Oui, mais je croyais que c'était férié ? »

« Ah mais vous disiez que ça ne l'était pas ! »

« C'est vrai... mais... bah... pour vous ça l'est d'une façon ou d'une autre. »

« Alors le technicien peut venir le 2, tous les rendez-vous sont encore disponibles ! »

« Bien. Et qu'est-ce que je dois faire ou préparer ? »

« Euh... rien ! Le technicien doit juste mettre en service votre ligne, puis tout fonctionnera !»

« Tout ? »

« Oui. Pourquoi ? »

« Je voulais seulement savoir si j'aurais là aussi accès à tous les services. Votre site internet dit le contraire à ce sujet. »

« Ah bon ? Qu'est-ce qu'il dit ? »

« Qu'il n'y a pas d'ADSL. En plein Berlin. »

« Oh, un instant, il faut que je vérifie ça. C'est impossible que ça ne fonctionne pas... »

« C'est exactement ce que je me suis dit... »

« Hum... En effet... un instant s'il vous plaît... le numéro de votre immeuble ? Il n'y a rien... Alors là, je ne peux même pas réserver de première mise en service. Le technicien doit d'abord venir poser un branchement, et après, nous verrons ce qui marche vraiment ! »

« Vous ne pouvez pas me dire avant ce qui est techniquement possible ? »

« Non. »

« Et mes appareils ? Ils vont encore marcher ? »

« Est-ce-que vous nous les louez ou vous les avez achetés ? »

« Vous n'êtes pas censé le savoir ? Et en quoi est-ce important ? »

« Euh... si... attendez, je regarde... Hum... Vous nous les louez. Oh, mais vous avez toujours le vieux routeur, je ne savais pas que nous l'avions encore »

« Intéressant. Qu'est-ce que ça signifie ? »

« Ça devrait aller, mais le technicien devra d'abord en décider sur place ! »

« Ok, donc, pour résumer : d'après vous, Berlin est dans le Bade-Wurtemberg, le technicien a un jour férié que personne d'autre n'a dans la capitale parce que vous ne pouvez pas l'enregistrer sur votre logiciel, vous ne connaissez pas mon adresse, vous ne savez pas ce qui est techniquement possible, et vous ne pouvez pas me dire si mes appareils fonctionneront toujours ? »

« Ne soyez pas désagréable, j'essaye tout de même de vous aider. En raison de la situation vous avez toutefois un droit de résiliation spécial, vous pouvez mettre fin au contrat trois mois après l'emménagement. »

C'est exactement à ce moment-là que je prends congé de cette dame s'étant présentée comme utile et serviable et que je me mets à la recherche d'alternatives. J'examine alors les offres du concurrent direct et de diverses entreprises de télévision par câble, qui offrent maintenant des services de téléphonie et d'internet. Le résultat est toujours le même : le numéro de mon immeuble n'existe pas. Un immeuble de 1907. En plein cœur de Berlin, dans le quartier de Friedrichshain. Il n'existe pas. A cause du manque d'alternative je rappelle quelques jours plus tard mon opérateur téléphonique. Et j'atterris à nouveau au service déménagement, qui cette fois ne parle pas un dialecte saxon mais suisse-allemand. Et je me retrouve à nouveau à mener exactement la même discussion, à la différence que, cette fois, je peux au moins briller par mon savoir, car JE peux expliquer à la dame qu'un technicien doit d'abord venir tout contrôler.

A mon grand étonnement, un technicien se présente bel et bien chez moi le 2 novembre. Il branche dans la cave un câble quelconque dans une des prises et se plaint que tout ça soit le bordel. Dans ce tableau électrique. Et aussi dans celui qui se trouve dans la rue. Et même partout ailleurs.

« Sinon, vous avez bien profité de votre jour de congé hier ? »

« Vous v'nez d'où vous ? A Berlin c'pas férié. Le trent'un tous les mecs du Brandebourg se ramènent et l'premier tous les Wessis sont libres. A Berlin y a rien. Habituez-y vous, si vous v'lez habitez là ! »

« Ouais, je sais. J'ai déjà vécu à Berlin. Mais vous aviez bien un jour férié hier ? »

« Vous vous f'tez d'moi ? »

« La hotline disait qu'ils ne pouvaient pas me donner de rendez-vous pour le 1er novembre... »

« Rah, ils savent rien de rien. J'étais tout'la journée sur la route. »

Trente minutes plus tard le technicien annonce qu'il a fini son travail. Vraisemblablement. Il a touché au tableau électrique principal dans la rue, au tableau de l'immeuble dans la cave et à la prise dans le bureau. Pour moi, tout a l'air comme avant. Il annonce que seule la téléphonie va d'abord fonctionner. Dans environ une à deux heures. Là je pourrais brancher mon téléphone. L'ADSL pourra ensuite être mis en service sur ma connexion. Techniquement parlant, rien ne s'y oppose. Le technicien va en informer l'opérateur et tout ça sera effectuer à distance. Dans quelques jours. Mon matériel devrait dans tous les cas encore fonctionner, même si ce n'est pas le plus récent. Certes, comme je le loue, je pourrais l'échanger n'importe quand, mais là le technicien ne peut pas s'en occuper. C'est aussi bien comme ça. Normalement, mon histoire devrait s'arrêter ici puisque tout semble effectivement fonctionner, et ce, d'une manière pas si chaotique que ça.

Mais trois jours plus tard, au beau milieu du supermarché, là où le réseau téléphonique est, c'est bien connu, toujours le meilleur :

« Oui... Bonjour Monsieur... Service client... Téléphone... Vous m'entendez ? Je vous... au sujet... rendez-vous... mise en service. »

Je laisse tomber les poires et me rends en vitesse à la caisse. Il faut savoir choisir des priorités.

« Ah oui, là je vous entends mieux. Est-ce-que vous serez chez vous pour le rendez-vous de mise en service ? »

« Quel rendez-vous ? »

« Vous avez bien demandé l'ADSL ? »

« Je n'ai rien demandé, je veux juste que tout soit comme avant mon déménagement ! »

« Quel déménagement ? »

A ce moment et pour la première fois depuis longtemps, je suis saisi par le sentiment que tout ne marche pas comme je l'avais prévu avec mon opérateur.

« Bah, je viens de déménager. Et mon contrat aussi. J'aimerais avoir les mêmes services qu'avant mon déménagement. »

« Je n'étais pas au courant. J'ai sous les yeux une demande pour l'ADSL sur votre branchement. Est-ce que vous serez là ? »

« Oui, mais quand ? »

« Vous avez pourtant reçu une lettre (que je n'ai jamais vue) vous en informant ! Le 17 novembre. »

« Non, je ne serai pas là. Vous avez vraiment besoin de moi ? Et à quelle heure au fait ? »

« Je ne sais pas. En fait, nous n'avons pas vraiment besoin de vous. »

« Ça sera mis en service à distance, non ? »

« Bien sûr. Donc personne ne vient chez vous pour ça, à vrai dire. »

« Alors pourquoi devrais-je être chez moi ? »

« Hum... Sinon, avez-vous encore vos données d'accès ? Vous devrez reconfigurer votre routeur. »

« Euh... quelle question... je ne les ai probablement plus. Pourriez-vous me les envoyer ? »

« Oui bien sûr. Oh... je vois que vous n'avez pas d'adresse e-mail chez nous. Je ne peux donc pas vous les envoyer. Vous devez, s'il-vous-plaît, vous adresser à nouveau au service clients ! »

« Ce n'est pas vous le service clients ? »

« Non. »

A la première occasion qui si présente, j'essaye de reconfigurer mon routeur avec ce que je peux me souvenir de mes codes d'accès. Mais ça ne marche pas. J'appelle donc la hotline, qui, pour une fois, a l'air extrêmement gentille et compétente. Évidemment qu'elle peut m'envoyer les données d'accès à l'adresse-mail que je souhaite et qu'elle va aussi changer à titre préventif mon matériel. Je crois que toute cette histoire va bien se terminer.

Le nouveau routeur n'est jamais arrivé. Après quelques jours de désespoir, je tente quand même ma chance avec les nouvelles données de connexion et le vieux routeur. Ça ne marche pas, bien entendu. J'appelle la hotline. Plus de trente minutes d'attente sont à prévoir d'après le message d'accueil. Tant pis, je me dis que ça ne coûte rien. Je mets le téléphone sur haut-parleur et le pose à côté de moi, jusqu'à ce que quelqu'un prenne mon appel. Pendant ce temps je peux toujours continuer à travailler. Leur message n'était pas mensonger puisque ce n'est seulement qu'après trente bonnes minutes que quelqu'un me répond. Et m'annonce que tous les logiciels sont en cours de mise à jour et que mon dossier est donc inaccessible.

« Pourquoi vous m'avez laissé attendre aussi longtemps alors ? Vous ne pouvez pas simplement dire dans votre message d'accueil que les logiciels sont mis à jour et qu'en ce moment rien ne marche ? »

« Je transmets votre remarque. Merci pour votre patience. »

Le jour suivant je réessaye donc et commande une nouvelle fois un nouveau routeur. Celui-ci est bel et bien arrivé par la poste quelques jours plus tard, mais a atterri chez mes voisins. C'est certes gentil de leur part, mais c'est bête qu'ils ne soient pas là quand je suis chez moi. Je les remercie de déposer le paquet devant ma porte en leur laissant des Kinder Maxi dans leur boîte aux lettres. Ça a marché, sauf que le nouveau router, lui ne marche pas. J'appelle la hotline. Étant donné qu'ils ne peuvent pas plus m'aider que ça, ils me transmettent au service client *technique* qui constate déjà deux problèmes : ma connexion n'a même pas été mise en ligne et ce routeur ne peut en fait pas fonctionner chez moi. Un technicien doit encore se déplacer chez moi pour mettre la ligne en service. Pour recevoir un nouveau routeur je dois par contre m'adresser à la hotline.

J'appelle la hotline. Un nouveau routeur ? Aucun problème. Et le fait que j'en loue déjà trois, ça ne pose pas de problème non plus ?

Je prends exprès un jour de congé pour la visite du technicien. On est maintenant au mois de décembre. Je voulais en fait prendre le train pour Aix-la-Chapelle après la visite du technicien, mais ça, c'est une toute autre histoire... Le dernier train avec lequel je pouvais rejoindre Aix-la-Chapelle part de Berlin à 19h36. Le technicien arriva à 18h41. Mais ça, je l'apprends seulement de la hotline que j'appelle vers 20h30, parce que je m'inquiète que le technicien soit tombé dans la Spree. Ou qu'il m'ait oublié. La hotline me dit que le technicien n'a absolument pas eu besoin de moi et a trouvé le chemin de la cave, qu'il a pu s'en sortir sans moi. Et surtout sans m'avertir de sa présence. Mais comme j'appelle, ça serait déjà bien que je puisse dire si maintenant tout fonctionne. Malheureusement je ne peux pas, car mon nouveau routeur est... chez mes voisins.

Une semaine et quelques Kinder Maxi plus tard je retente ma chance. Le colis est à nouveau accompagné de factures détaillées, de bons de livraisons, de formulaires de retour, et de notices d'utilisation. Les papiers de mon opérateur électronique concernant mon déménagement remplissent maintenant un classeur entier – que je laisse d'ailleurs tomber pour une boîte à chaussures. Finalement les grands pieds ont aussi des bons côtés ! Normalement ça va fonctionner... ou pas. Les dessins, pourtant très bien faits, de la notice d'utilisation ne correspondent pas à ma réalité. Ni ma fiche d'alimentation ni mes prises électriques ne ressemblent à celles qui y sont dessinées. J'appelle donc la hotline. Et même après des mois de calvaire, le technicien réussi encore à m'effrayer : « Vous-z-avez m'me pas de ligne qu'j'peux mesurer ! » me dit-il en chantonant plus qu'en parlant. J'ai failli faire tomber le combiné par terre. Je lui assure pourtant que moi, mon immeuble, mon numéro d'immeuble, et ma ligne téléphonique existons. Il fouille dans ses documents. Ça ne semble pas être une mince affaire pour lui de s'y retrouver dans tous ces innombrables papiers qu'une bonne douzaine de ses collègues ont rédigés au cours des derniers mois. Il réussit finalement à trouver ma ligne, à la réinitialiser à distance et à me faire comprendre ce que je dois connecter et comment. Il tente ensuite de me vendre les nouveaux services de mon opérateur qui souhaite prochainement résoudre à distance tous les problèmes techniques que les clients rencontrent d'abord avec leurs ordinateurs et puis au final avec tous les autres produits. Il m'en coûterait 5,00 euros par mois. Je lui propose de plutôt commencer par faire souscrire ses collègues à cette offre. Il raccroche.

Qui mieux que Rutkoschinski peut immatriculer votre Chevrolet ?

Jour 1

« Qu'est-ce qu'vous faites là ? »

« Vous travaillez ici ? »

« Bah r'gardez donc autour d'vous ! »

A ce moment-là très exactement je décidai déjà que j'allais conserver pour toujours cette conversation qui s'annonçait des plus absurdes. Quelque chose me disait que j'allais encore beaucoup m'amuser !

En fait, je me trouve dans une pièce vide du service des immatriculations de Berlin où l'on vient juste de m'interpeller alors que je m'étais perdu en cherchant le distributeur de tickets d'attente.

« Hein ? »

« Bah, vous croyez qu'c'est si beau ici qu'j'y suis d'mon plein gré ? »

Beau, c'est loin de l'être, c'est sûr. Bien que le bâtiment ait visiblement été construit récemment, les architectes ont réussi à y créer une ambiance, au goût très prononcé, digne de l'ex-République démocratique allemande et à y imposer une décoration froide et de mauvais goût avec, entre autres, du lino d'époque. De plus, le bâtiment en question se trouve, bien évidemment, dans l'un des endroits les plus idylliques de Berlin, c'est-à-dire aux confins du quartier Hohenschönhausen à la limite nord-est de la ville.

« Oui, euh, donc, je cherche le distributeur de tickets d'attente. »

« Y en a p'us ! »

« Mais il y a bien ce panneau dans le couloir, non ? »

« Mais vous voyez bien qu'la pièce est vide ! »

« Oui, mais il y a bien un panneau ! »

« Mais y a pas d'tickets ! »

« Vous avez donc enlevé le distributeur mais vous avez laissé le panneau ? »

« Hé, moi, j'fais rien ici ! »

C'est bien l'impression que j'avais eu...

« Oui... Hm... Ah ah ! Et maintenant ? »

« Y a p'us d'tickets ! »

« Mmmhh ! »

« Tout est su'rendez-vous ! » Cette dame, qui, aussi bien à cause de son physique qu'à cause de sa voix, a bien plus l'air d'un homme que moi, poursuit en parlant dans sa barbe : « 'n-idée du chef ! »

« Super. Et comment j'obtiens un rendez-vous alors ? Ce n'était pas précisément pour ça que vous aviez les distributeurs ici ? »

« Ici vou-z-obtiendrez aucun rendez-vous ! »

« Mais... Vous venez juste de dire... Vous... alors... Je... Seulement sur rendez-vous ? »

« Oui, mais vou-z-en-obtiendrez que sur internet ! »

« Donc, là, il faut que je retourne chez moi pour prendre un rendez-vous pour ensuite revenir ici ? »

« C'est ça ! Z-avez compris ? »

« Euh... oui ! »

Arrivé chez moi, je constate qu'on peut certes prendre rendez-vous sur le site internet du service d'immatriculation mais que les premières dates disponibles sont dans trois semaines – le mercredi à midi... c'est trop tard pour moi... et trop bête. La voiture que je dois faire immatriculer dispose d'une immatriculation de courte durée qui expire AUJOURD'HUI et je ne peux pas attendre trois semaines. J'appelle donc l'un des nombreux services d'immatriculation privés que je trouve sur Google et qui promettent une immatriculation à Berlin en moins de 24 heures.

« Allô. Bonjour, j'ai un petit problème : je dois faire immatriculer une voiture aujourd'hui à Berlin ! »

« Ah ah, très drôle. Aujourd'hui, ce n'est plus possible Monsieur, les guichets sont déjà fermés. On peut vous faire ça demain. »

« Ok, et dites-moi, vous avez réservé des rendez-vous tous les jours ou comment vous faites ? »

« Nan nan, on va au guichet des professionnels. »

« Au guichet des professionnels ? Il y a un guichet pour les professionnels ? Et là, on n'a pas besoin de rendez-vous ?

« Nan, bien sûr que nan, on ne peut tout de même pas savoir si dans trois semaines on devra immatriculer une voiture. »

Alléluia. Avec cette réglementation sur les rendez-vous d'immatriculation, le Land de Berlin a visiblement offert une raison d'être à tout un secteur commercial. Je retiens mon envie soudaine de fonder ma propre entreprise pour pouvoir ensuite faire immatriculer ma voiture en tant que mon propre donneur d'ordre car je viens en fait de me rappeler, encore une fois, que ma voiture ne devra bientôt plus circuler étant donné que son immatriculation sera périmée à minuit...

« Oui... bien... génial... Et comment ça marche concrètement ? »

« Eh bien si vous voulez faire ça, j'envoie quelqu'un chez vous maintenant ! »

« Très bien, faites ça ! »

Un employé du nom de Rutkoschinski est arrivé chez moi en moins de trente incroyables minutes et a récupéré tous les documents nécessaires : rapport du contrôle technique, carte grise, attestation d'assurance, carte d'identité et tout mon argent.

« Est-ce que vous fournissez aussi les vignettes vertes[6] ? »

« Théoriquement, ouais, mais en pratique nan ! »

« Parce que ? »

« Bah parce qu'y a b'soin d'infos sur les normes des-z-émissions d'gaz. Avec un six, un cinq et un quatre, z-avez une vignette verte, avec un trois une jaune et avec un deux une rouge. Compris ? »

« Oui. Et ? »

---

[6] Berlin a créé le 1er janvier 2008 une zone environnementale au cœur de la ville afin de limiter la pollution de l'air provoquée par les gaz d'échappement. A partir du 1er janvier 2010, seuls les véhicules les moins polluants auront l'autorisation de circuler dans cette zone. Cette autorisation est obtenue lors du contrôle technique et se matérialise par une vignette de couleur verte à coller sur le pare-brise.

« Eh bien, r'gardez là sur vot' carte grise ! »

« Catégorie d'émission non déclarée ? »

« C'est ça, votre voiture en a pas ! Au mieux, on pourrait essayer d'obtenir une autorisation exceptionnelle. Mais c'est cher et ça dépend de l'humeur du fonctionnaire. Et ce n'est valable que pour une ville ! »

« Comment ça ? Il faut que je demande une autorisation exceptionnelle dans chaque ville allemande qui possède une zone verte, ce qui me coûte en plus de l'argent à chaque fois et qu'on n'est même pas sûr d'obtenir ? »

« C'est exact'ment ça ! C'est bon ? »

« Euh... oui ! Et, en fait, est-ce que je peux avoir une plaque américaine ? »

« J'croyais qu'vous vouliez faire immatriculer vot' voiture à Berlin ? »

« Oui, oui, mais je pensais en fait à un petit macaron comme ça... »

« Ah, j'comprends. C'est une américaine, vot' voiture, ou quoi ? »

« Oui... euh.. vous.. vous avez ... là, les papiers... ici... devant vous, qu'est-ce que vous lisez ? »

« Che... c'est quoi ce truc ? Che-vrol-let ? Et c'est une 'ricaine, c'est ça ? »

« Oui. »

« Alors, faut qu'on ait une autorisation exceptionnelle ! »

« Ah ! »

Jour 2

« Allô, c'est Rutkoschinski. Vous p'vez v'nir ici vite fait ? Vot'e voiture doit êt' présentée au service d'immatriculation ! »

« Qu'est-ce qu'il se passe ? »

« Vot' voiture. La Chevro-truc, i' veulent la voir avant qu'elle soit immatriculée. C'est une sorte d'règle ici, les véhicules importés et qui n'ont pas servis d'puis longtemps doivent êt' inspectés ! »

« Ah...et vous n'en étiez pas au courant hier ? »

« Si... euh... non... Bon, vous p'vez êt' là quand ? »

« Qu'est-ce qu'il faut que je fasse au juste ? Passer devant l'employé responsable des immatriculations en conduisant très lentement, c'est ça ? »

« Arrêtez d'dire n'import'koi, on vous attend ici ! »

« Oui, oui, je me lève ! »... et vais d'abord prendre ma douche.

« Ah z-êtes enfin là ! I' veulent voir le num'ro d'châssis. Savez où 'l'est sur vot' voiture ? »

« Oui, devant, dans le compartiment moteur, je crois... »

« Bien, j'le dis aux collègues. Roulez jusqu'au garage là-bas ! »

En descendant de ma voiture, je retire le plus discrètement possible un autocollant de la porte conducteur comportant un numéro de châssis. J'avais déjà remarqué en achetant la voiture la semaine dernière que c'était un autre numéro que celui collé dans le compartiment moteur que je prévois de leur montrer maintenant parce qu'il correspond à ce qu'il y a écrit sur les papiers de la voiture.

« Très bien. C'est donc vot' voiture ? »

« Oui. »

« Ah, nous, on aime bien c'genre là. Vous savez où est l'numéro d'châssis ? »

« Oui, dans le compartiment moteur ! » J'ouvre le capot. « Ici ! »

« Non, ça, c'est la plaque d'identification du véhicule. C'est pas ça. Ça doit êt' vissé que'qu part dans l'châssis! »

« Vissé dans le châssis ? »

« Oui. Ah mais pas sur voitures américaines en fait. »

« Ok et où est-ce qu'il faut chercher alors ? »

« Ca, nous l'savons pas non plus. Les Ricains collent des plaques comme ça partout, mais en Europe on doit fixer le numéro dans l'châssis. Et d'vant à droite, s'lon la loi ! »

« Et s'il n'y a aucun truc de ce genre sur ma voiture ? »

« Bah on peut pas l'immatriculer ! »

Pour la première fois, je commence à me sentir mal.

« Z-avez une lamp' poche ? »

« Non. C'est à VOUS de chercher ce numéro, non ? »

L'employé du service des immatriculations est de plus en plus de mauvaise humeur. Ce contrôle de routine pourrait l'obliger à travailler, et, ça, visiblement, ça lui déplaît profondément. Après qu'une lampe de poche télescopique de luxe a été dégotée, il éclaire le passage de la roue qui se trouve devant à droite. Et ils trouvent tout de suite ce qu'ils cherchaient. Malheureusement.

« Jünter ! Ramène-toi ! J'ai b'soin d'ton aide ! R'garde ça ! »

L'employé numéro 1 observe à plusieurs reprises le passage de roue, puis regarde sur les papiers, puis à nouveau le passage de roue et devient de plus en plus pâle. L'employé numéro 2, alias Jünter, le relaye. Il regarde dans le passage de roue, gratte, frotte et polit, regarde les papiers puis encore une fois le passage de roue. Les deux employés se regardent et froncent les sourcils.

« V'nez là ! R'gardez là, à l'intérieur. Lisez l'numéro là à haute voix ! »

« 2GB38... »

« Ça suffit ! »

« Comment ça ? »

« Le premier chiffre, c'était quoi, s'vous plaît ? »

« Bah, un deux ! »

« Bien. R'gardez là. Vos papiers. Qu'est-ce qu'y a écrit ? »

« Oh, 1... »

Je regarde à nouveau dans le passage de roue. Et me réjouis.

« Mais la suite est identique quand même ! »

La seule réponse que j'obtiens est le regard de l'employé qui me dit : « Vous ne pensez pas sérieusement ce que vous venez de dire ? », ce que je prends d'abord comme une invitation à re vérifier.

« Oui, la suite est identique. Quelqu'un a juste dû faire une faute de frappe. Vous n'avez qu'à changer le numéro sur les papiers ! »

Son regard me dit maintenant : « Vous êtes fou ? » – à vrai dire, l'employé dit plutôt quelque chose comme : « I' doivent êt' pareils, compr'nez ? Pareils ! Pas un peu pareils ! Doivent êt' pareils ! Et i' sont pas pareils là, alors ça va pas ! On peut pas vous immatriculer comme ça ! »

Après quelques regards désemparés et perplexes et une question sans réponse posée à Rutkoschinski, l'employé de l'entreprise d'immatriculation que je paye, je comprends qu'il faut maintenant faire appel au chef du service.

« Alors, voilà c'qui faut faire : vous d'vez faire poser un nouveau numéro d'châssis par la Dekra[7]. Nous-z-avons d'ailleurs fait des r'cherches. Le num'ro avec le 2 est pas valide, celui avec le 1 existe et n'a pas été déclaré volé, z-avez d'la chance ! »

J'en ai vraiment, de la chance... « Et, maintenant ? Je peux tout simplement aller à la Dekra et leur dire qu'ils doivent fixer un nouveau numéro de châssis ? »

« Bon sang, bien sûr que non ! Vous-z-avez b'soin d'une lettre officielle pour ça ! »

« Ah oui, ça a l'air super. Et c'est vous qui me la donnez ? »

« Oui, mais soyez pas si impatient...Ca f'ra d'abord 47€ ! »

En arrivant à la DEKRA, je constate que le responsable du garage est d'abord quelque peu surmené et pose des questions

---

[7] La Dekra (Deutscher Kraftfahrzeug-Überwachungs-Verein, Association allemande d'inspection des véhicules à moteur) est une entreprise privée fondée en 1925 à Berlin et offre notamment des services de contrôles techniques des véhicules motorisés.

techniques dont le conducteur lambda ne peut pas connaître la réponse *ad hoc* :

« Pourquoi acheter UNE TELLE voiture ? », « Qui a laissé ce truc passer le contrôle technique ? », « Vous avez déjà vu que tout était égratigné en dessous de la voiture ? », et « Dites-moi, c'est un châssis ou une carrosserie autoporteuse ? »

Je lui réponds simplement que ça me serait en fait bien égal si je devais passer un deuxième jour au service d'immatriculation et que je n'avais encore jamais entendu quelqu'un me dire (hormis en Belgique) qu'il avait dû investir autant de temps pour faire immatriculer sa voiture et qu'il devait, lui, simplement faire ce qui était écrit dans les textes officiels pour que nous puissions, aujourd'hui encore, immatriculer ma voiture. Bizarrement, le responsable du garage s'est mis en colère.

« Vous ne savez absolument pas de quoi vous parler ou bien ? D'après la loi, le numéro d'identité du véhicule, comme s'appelle le numéro de châssis dans les termes corrects, doit être fixé dans le châssis. Devant à droite exactement. Mais comme il n'y a plus de place là, ça ne va pas. »

« Alors soudez simplement une plaque par-dessus ! »

« C'est interdit. La seule solution serait que nous constations ici que votre voiture a une carrosserie autoporteuse. Comme ça je peux fixer le numéro n'importe où sur la carrosserie, par exemple sur les cadres des portes. »

« Alors c'est réglé, non ? Une carrosserie autoporteuse... quoi que ça puisse être... »

L'homme de la Dekra commence à en avoir peu à peu marre de nous.

« Dites-moi, est-ce que l'un de vos deux cerveaux de génies a vu qu'ici, devant le tableau de bord, derrière le pare-brise du côté conducteur et bien visible de l'extérieur, il y a une plaque avec le numéro du châssis ? »

Nous (Rutkoschinski et moi, donc) regardons bêtement derrière le pare-brise. Non, bien sûr que non, on ne l'avait pas vu, tout comme l'employé du service d'immatriculation. Heureusement. Car ce n'est pas, bien sûr, le bon numéro.

« Alors, si je comprends bien, vous voulez aller à l'étranger avec votre voiture ?! Dans ce cas, j'enlèverais proprement cette plaque à l'avant. Mais ce n'est pas moi qui l'ai fait, hein. Et maintenant, posez-y un papier bien soigneusement par-dessus pour que personne ne le voie lors de l'immatriculation. Bien – pour qu'on avance, je vous écris maintenant un rapport de la Dekra dans lequel je note avoir constaté que votre voiture possède, sans le moindre doute, une carrosserie auto porteuse – ce qui serait de toute façon mieux pour vous avec toute cette rouille au sol. Et je vous fixe le bon numéro ici dans la porte avant droite – enfin, ce qu'ils disent être le bon numéro. Ensuite faites attention à ce que les modifications de la carte grise soient prises en compte lors de l'immatriculation, ok ? »

Pendant tout le temps qu'on a passé à la DEKRA, une sorte de communauté de fans et d'admirateurs s'est formée autour de notre Chevy G20 parmi les gens qui, tous, attendaient là pour régler des petits problèmes avec leur voiture afin de pourvoir effectuer l'immatriculation. Ce groupe s'est d'ailleurs rapidement trouvé un leader qui m'a presque harcelé à la fin pour que je lui vende ma voiture et pour que je ne la vende surtout pas aux « Russkovs ». Je le remercie d'ailleurs pour son intérêt.

80 euros payés à la DEKRA plus tard, l'employé du service d'immatriculation observe à nouveau la voiture, Rutkoschinski regarde bêtement, comme d'habitude. Mes chances de voir enfin ma voiture être immatriculée augmentent en raison de l'enthousiasme émergeant de l'employé qui se réjouit que le numéro ait été proprement posé, qu'il soit extrêmement bien lisible et qu'on ne doive plus se pencher pour le lire. Rutkoschinski se réveille maintenant de l'état léthargique dans lequel il était depuis deux jours. Il voudrait passer le turbo et

tenter d'obtenir l'immatriculation de la voiture aujourd'hui-même, le guichet n'étant ouvert que quelques minutes encore.

Je dois attendre. Et j'aperçois Ibrahim. Ibrahim est Libanais et est probablement ce qu'on pourrait appeler un modèle d'intégration. Ibrahim vend à Berlin des véhicules utilitaires usagers vers l'Afrique et il a des horaires d'ouverture fabuleux : du lundi au vendredi de 10h00 à 17h00. Aucune exception. Aucune heure supplémentaire. Aucun travail le week-end. Jamais. En fait, je m'étais intéressé à une voiture d'Ibrahim. J'étais allé le voir une fois et voulais faire contrôler la voiture par un garage étant donné qu'Ibrahim refuse strictement de prendre toute responsabilité. Mais à cause de ses horaires je n'y suis jamais arrivé. Alors j'ai tout bonnement acheté cette Chevrolet. Ibrahim n'en sait encore rien. J'essaye de l'éviter du regard et espère qu'il ne me reconnaîtra pas. Il me regarde pendant longtemps et réfléchit. Mais il ne semble pas se souvenir de moi.

Rutkoschinski vient me délivrer en se rendant finalement utile : « Z-avez de la chance, on va y arriver aujourd'hui, je peux faire sceller les plaques d'immatriculation cet après-midi, j'ai déjà l'autorisation exceptionnelle pour la petite plaque américaine » m'informe-t-il fièrement une demi-heure plus tard. C'est déjà ça, me disais-je.

Quelques heures plus tard, Rutoschinski a malheureusement perdu son euphorie. Il me fait très clairement comprendre d'un geste de la main que c'est fichu pour aujourd'hui. Il m'explique que le numéro de mon attestation d'assurance n'est pas bon, il n'est valable que pour une immatriculation provisoire, c'est écrit dessus en plus.

« Et vous ne l'avez pas vu vous-même ? »

« Si...euh non.. », me dit-il encore une fois.

Jour 3

La veille, Rutkoschinski a reçu une nouvelle attestation d'assurance sur le mail d'entreprise *supercool37@wanadoo.fr*. Aujourd'hui, il m'apporte les plaques scellées chez moi vers midi. Il en a désormais fini avec moi, lui et le monde et a besoin de vacances. Maintenant je dois me rendre encore une fois au service d'immatriculation avec les plaques pour les y visser et enfin récupérer ma voiture laissée sur le parking. Equipé d'outils dignes d'un professionnel (un marteau), je me mets en chemin. Là-bas, je monte la plaque avant, celle conforme aux normes européennes, avec deux vis et un marteau tout simplement mais je rencontre plus de difficultés pour celle de derrière. J'ai certes la plaque. Mais elle est nettement plus courte que celle de devant. TROP courte en fait. Les Américains et les Européens n'ont visiblement pas la même conception des plaques d'immatriculations américaines. Les trous prévus par les Américains sur la Chevrolet se trouvent dans tous les cas juste en dehors de la plaque que j'ai.

Je me rends donc en magasin avec ma plaque, mon marteau et mon problème. Une vieille dame se penche tranquillement sur mon histoire : « Viens là mon p'tit, on va voir c'qu'on peut faire ! » et me vend en premier un support universel de plaque d'immatriculation hyper cher et dont je n'aurai finalement pas besoin. Ce qui me sauvera, c'est son scotch avec lequel j'ai pu serrer la plaque.

Alors que j'essaye de fixer la plaque sur le parking du service des immatriculations, l'employé qui refusait hier d'immatriculer ma voiture, le leader du fan club de ma Chevrolet et Ibrahim me saluent en passant devant moi. Ils veulent tous papoter avec moi. Mais je pense que quand on rencontre plus de connaissances sur le parking de l'administration publique que dans la rue, c'est que, quelque part dans sa vie on a fait fausse route. Je n'ai donc qu'une envie : déguerpir d'ici le plus vite possible.

Mais alors que je pourrais enfin conduire ma voiture, je dois attendre la dépanneuse parce qu'une martre a eu le temps en trois jours de bouffer un câble.

Quand on se réveille un matin, âgé de plus de trente ans, et que rien ne nous fait mal...

Quand on se réveille un matin, âgé de plus de trente ans, et que rien ne nous fait mal, c'est qu'on est probablement mort. Cette réalité pleine de sagesse trouve de plus en plus d'écho dans mon groupe d'amis parce qu'elle vaut aussi bien pour les très sportifs qui ont des lésions du cartilage du genou que pour ceux qui, par manque d'activité physique, ont aussi des lésions du cartilage du genou.

« Oui, vos leucocytes donc. Ils sont totalement dans la norme. »

« Mes quoi ? »

« Vos leucocytes. Ce sont les globules blancs. »

« Ah. »

« Mais vos érythrocytes. »

« Mon Dieux ! Mes quoi ? »

« Ah, euh... vos globules rouges. »

« Pour l'amour du ciel, qu'est-ce qu'il ont mes globules rouges ? »

« Ils sont complètement normaux. Ensuite, votre hémoglobine. »

« Quoi ? »

« Le pigment des globules rouges, si vous voulez. Aussi complètement normal. En conséquence, votre taux d'hématocrite est aussi normal. Ça, c'est la proportion des globules rouges dans le sang. »

« Ah. »

C'est ainsi qu'avec le temps on apprend à connaître l'un ou l'autre médecin. Et les médecins sont drôles. Ils ont un sens de l'humour particulier. Ou peut-être n'en ont-ils aucun. Je ne peux pas encore bien me décider précisément.

« Votre VGM, c'est-à-dire la taille de vos globules rouges, est aussi ok. »

« Vous avez mesuré la taille de mes globules rouges ? »

« Oui, bien sûr. »

« Et ? Quelle taille ont-ils ? »

« 89 chez vous. »

« Quoi ? »

« 89. »

« Oui, mais 89 quoi ? »

« Ah ! 89 femtolitres. Ensuite, nous avons la concentration corpusculaire moyenne en hémoglobine, le volume moyen de vos globules rouges et la différence par rapport à la taille normale. Tout ça est aussi ok. »

A cet instant, je suis chez le médecin généraliste qui essaye, avec un succès de plus en plus faible, de m'enthousiasmer pour sa lecture à voix haute les résultats de mon hémogramme, une sorte de bilan sanguin, si vous voulez. J'ai décidé de ne plus réagir qu'aux résultats anormaux.

« Plaquettes, ok. Cholestérol, ok. Triglycérides, ok... »

A un moment, j'en ai marre.

« Dites-moi, est-ce que, dans l'ensemble, tout est normal chez moi ? »

« Oui, mais j'aimerais que nous regardions ça une fois en détail. »

Il arrive donc tout de même aux médecins de prendre du temps pour leurs patients. Et ça arrive surtout quand le patient ne le veut pas soi-même.

« Est-ce vraiment nécessaire ? »

« Ça concerne VOTRE santé, Monsieur ! » Argument mortel.

« Gamma-glutamyltranspeptidase, absolument parfait. Acide urique, normal. Créatinine, ok. Glucose, normal. Thyréostimuline, ok... »

Et ces gens étudient dix ans pour lire de simples valeurs sur une feuille. Un peu comme un notaire, qui après sept ans d'études ne fait finalement que lire des contrats à haute voix, avec plus ou moins d'enthousiasme.

« Ah voici ici les données détaillées de votre cholestérol. Le "bon cholestérol", le HDL, est ok. L'autre, le LDL, est aussi ok. Donc, vos granulocytes polynucléaires... »

« Mes quoi ? », lui demandais-je en lui coupant la parole et en me mordant immédiatement la langue. Je voulais pourtant ne plus lui poser de questions. Et sa réponse ne m'aida pas beaucoup.

« Eh bien ce sont les différents types de granulocytes qui se caractérisent par un noyau segmenté. On les trouve principalement dans le sang périphérique. Lymphocytes, monocytes, granulocytes éosinophiles, granulocytes basophiles, tout va bien chez vous. »

Je trouve ça difficile de rester concentré en entendant toutes ces valeurs et je pense soudainement à la manière dont un déménagement m'a récemment guéri d'une maladie. Lors d'un examen échographique imprévu, un médecin généraliste d'Aix-la-Chapelle m'avait diagnostiqué un petit nœud dans la thyroïde qui était encore un millimètre trop petit pour être enlevé. Mais il devait être rigoureusement surveillé. C'est-à-dire mesuré tous les trimestres. Il n'est pas impossible qu'au fil du temps j'ai fini par rembourser à moi seul l'appareil échographique du médecin, grâce à mes examens trimestriels. En déménageant à Berlin, je me suis trouvé au plus vite un nouveau cabinet radiologique pour observer le nodule. Je sais que la santé n'a pas de prix mais je n'avais pas vraiment envie de faire 700km pour un examen échographique. Le Berlinois, d'ordinaire, accorde beaucoup plus d'importance à sa tranquillité qu'à sa fortune. Ceci vaut aussi et encore plus particulièrement pour les médecins. C'est ainsi qu'à Berlin on m'annonça de manière lapidaire et en se moquant de moi que je n'avais absolument pas de nodule thyroïdien. Dans mon cas, il s'agissait en fait simplement d'une variation normale de la thyroïde, laquelle se traduit par une traversée de la thyroïde par l'artère et qui du coup ressemble à un nœud sur les échographies. D'un seul coup, j'étais quasiment guéri.

« Monsieur, vous êtes toujours avec moi ? »

« Oui, oui. » Mais mes pensées digressent à nouveau. Je pense à mon dermatologue. La peau de mes pieds m'a longtemps fait mal. La première dermatologue que j'ai consultée pour ce problème m'a expliqué que c'était lié à mon rhume des foins. « C'est pourtant évident, me dit-elle, vous êtes allergique aux acariens et vos pieds sont en contact permanents avec la poussière. Vous faites une réaction allergique. En principe, vous ne pouvez rien faire contre. Si ça devient totalement insupportable, on pourrait envisager de procéder à une hypersensibilisation mais pour le moment je ne ferais rien du tout. Venez me voir une fois par an. »

En fait, vous n'avez rien mais revenez quand même bientôt. Voilà l'attitude qu'adoptent souvent les médecins, surtout en Rhénanie. Après un déménagement, j'ai cherché une autre dermatologue.

« Qu'est-ce que c'est que ça ? Une réaction allergique ? »

« Oui, c'est ce que m'a dit votre collègue tout au moins. »

« Nan, nan, nan. Vous avez une mycose. Seul un long traitement avec des comprimés sera efficace. Vous ne pouvez pas boire d'alcool et devez venir me voir tous les trois mois. »

Cette ordonnance ressemblait quasiment à une licence à faire marcher la machine à billet. Mais pour une raison ou une autre, j'ai pourtant cru Madame le docteur.

Après un autre déménagement, à Berlin cette fois, j'ai de nouveau cherché un autre dermatologue et ma consultation avec lui se passa comme la précédente :

« Qu'est-ce que c'est que ça ? Une mycose ? »

« Oui, c'est ce que m'a dit votre collègue tout au moins. »

« Nan, nan, nan. »

« Ah, mais avant, c'était aussi une réaction allergique. »

« Nan, nan, nan, nan, nan. Je crois que vous avez une légère névrodermite. En principe, vous ne pouvez rien faire contre. Mais vous n'avez pas non plus besoin de revenir. »

Comme je vous l'ai dit, à Berlin la tranquillité passe avant l'argent.

« Monsieur ! Je fais ça pour vous ! Alpha-globuline 1, alpha-globuline 2, bêta-globuline, sodium, tout est normal. J'aimerais juste vous parler à nouveau de votre cholestérol. »

« Oui ? »

« Alors, quand on observe les valeurs une par une, elles sont tout à fait normales. »

« Ah. »

« Mais quand on les observe l'une par rapport à l'autre, on peut y lire un risque futur de maladies cardio-vasculaires. Là, la valeur à ne pas dépasser est 3. »

« Donc à partir de 3, le risque augmente ? »

« Oui, exactement. »

« Je comprends. Et moi, je suis au-dessus ? »

« Hum... Attendez, je regarde ça. Non, vous êtes à 2. »

« Je ne comprends rien là ! »

« Vous pourriez manger plus de poisson ! »

Comme je vous l'ai dit, 10 ans d'études.

Merci beaucoup

C'est assez étonnant de voir combien de personnes et d'événements doivent être impliqués pour qu'un livre aussi petit que celui-là puisse prendre forme.

En plus de mes parents et de ma famille, je tiens principalement à remercier :

Aix-la-Chapelle, Alex, Anke, Anne, Astrid, l'autoroute allemande, la Belgique, Britt, Bruno, Bruxelles, Berlin, la Charente, Charlemagne, Christel, Claudia, Coca-Cola, Dani, David, Delphine, la Deutsche Bahn, Dominique, Dorothee, DR, Einstein, Emmet L. Brown, Fabienne, Heinrich Heine, Jan, Jochen Bittner, Johanna, JP Bouzac, Jürgen, Jutta, Karin, Ludger, Lydia, Madame Pruneau, les magasins CORA, Maik, Marion, Marianne, Melanie, Nadine, Paris, Patrice, les Pères de l'Europe, la Picardie, Pierre, Pierrefitte, la Poste belge, Robert, Ruth, Sascha, Stefanie, le STIB, Susanne, „The Cranberries", Tamás, Undine Schultz, Waldemar, tout comme tous ceux que j'ai oublié et qui ont sans cesse relu mon livre en y apportant leurs corrections, leur suggestions et m'ont encouragé à le terminer.

Cette édition française n'aurait pas été possible sans le travail de traduction passionné de Justine, mon « comité de lecture » Luis, Patrice et JP et bien sur l'illustration d'Anna. Vielen Dank !

Au nom de JP Bouzac, je remercie le sommeil profond, un des meilleurs moments de la vie.

Une sorte de postface

J'aimerais remercier tous les lecteurs qui ont poursuivi leur lecture jusqu'ici et qui prennent avant tout du plaisir à lire ce genre de petites histoires drôles et légères.

Vous l'avez fait, vous êtes arrivés à la fin du livre et j'espère que vous le recommanderez à votre famille, vos amis et vos collègues.

Vous pouvez encore profiter de cette phrase pour le refermer et le ranger tranquillement dans votre bibliothèque ou bien vous pouvez vous plonger dans les lignes qui suivent et où résonnent les échos de réflexions en provenance d'Afrique.

Qu'est-ce que le paradis ? En faisant abstraction de toute considération religieuse, le paradis est un endroit où chacun mange à sa faim et a un toit sur sa tête, où chacun a le droit de choisir son lieu de résidence et d'exprimer son opinion et où tout le monde sait lire et écrire. Le paradis est un endroit où les frontières entre les états n'ont plus aucune importance. Où il n'y a ni guerre ni expulsion. Où ce que l'on possède aujourd'hui nous appartiendra encore demain, où la liberté existe réellement. Ce paradis existe, chers lecteurs, et vous vous y trouvez probablement en ce moment, à moins que vous ne lisiez ce livre sur une plage des Caraïbes. Aucun endroit sur terre n'a jamais vécu une époque aussi paradisiaque que l'Europe occidentale du vingt-et-unième siècle. Même la crise financière la plus dure de l'Histoire n'a fait qu'effleurer la plupart des gens sans trace. Personne, tout au moins, n'a dû en mourir de faim.

Ça peut être dur d'accepter que nous vivions au paradis alors que l'hiver y est si mauvais et que personne ne nous nourrit de raisin. Et pourtant nous devrions peut-être parfois prendre conscience de notre privilège, sachant que nous ne représentons que 5% de la population mondiale.

Non, je ne veux pas vous rendre dépressifs ! Je veux simplement souligner que les problèmes – de lits trop petits, de champagne et de bureaucratie – dont nous parlons de la manière la plus sérieuse dans ce livre sont des problèmes de riches. Bien sûr, les problèmes de riches sont, en absence de problèmes existentiels, de vrais problèmes, mais s'il vous plaît, rigolez-en !

En parlant de la vieillesse, les personnes âgées racontent que « si l'on a le droit de porter un tel fardeau, on devrait au moins en parler avec la légèreté nécessaire. » Il faudrait peut-être que nous insérions ne serait-ce qu'un peu de l'esprit de cette remarque dans notre quotidien européen.

A ce sujet, je vous conseille d'écouter ou de réécouter la chanson d'Amadou et Mariam « Sénégal Fast Food », produite par Manu Chao et parue en 2004 sur l'album « Dimanche à Bamako ». La chanson aux sonorités festives et optimistes fait état de problèmes bien plus sérieux que ceux évoqués dans mon livre, comme l'immigration. Manu Chao répète qu' « [i]l est minuit à Tokyo, il est cinq heures au Mali » mais nous demande « Quelle heure est-il au Paradis ? ».

« Demain je serai parti,

La gare Dakar, Bamako Mopti

Y'a pas de problèmes. Tout va bien.

Aujourd'hui je me marie, j'ai confiance

Amoul solo[8], Gao, l'Algérie, Tunisie, Italie.

Y a pas de problèmes, j'aime

Au Manhattan fast-food Dakar Sénégal cinéma le Paris

Ascenseur pour le ghetto »

---

[8] Y a pas de problèmes, en Wolof

Spietweh en allemand :

Störung im Betriebsablauf
Geschichten vom Reisen, Unterwegssein und Ankommen

Henry Spietweh
Mit Beiträgen von
ZEIT-Redakteur Jochen Bittner & JP Bouzac

ISBN 978-1471635298

Plus de JP Bouzac :

JP Bouzac

MA GUERRE FROIDE
Un Charentais au pied du Mur (de Berlin)

Récit

Panketal, Allemagne   JP Bouzac © 2011

ISBN 978-1291228656

ISBN 978-3938807552